KB133652

어머니, 어떻게 지내셔요

어머니, 어떻게 지내세요
•

인쇄일·2024. 5. 15.
발행일·2024. 5. 20.

지은이 | 김남순
펴낸이 | 이형식
펴낸곳 | 도서출판 문학관
등록일자 | 1988. 1. 11
등록번호 | 제10−184호
주소 | 04089 서울시 마포구 독막로 28길 34
전화 | (02)718−6810, (02)717−0840
팩스 | (02)706−2225
E-mail | mhkbook@hanmail.net

copyright ⓒ 김남순 2024
copyright ⓒ munhakkwan. Inc. 2024 Printed in Korea

값·15,000원

ISBN 978−89−7077−664−4   03810

# 어머니, 어떻게 지내셔요

김남순 수필집

문학관books

'어머니'라는 화두는 내 인생의 구심점이다.

첫 수필집 『어머니, 어머니 나의 어머니』를 2018년 여름이 끝나가는 팔월 말에 출간했다. 두 번째 수필집 『어머니…, 그 후』는 2021년 태양이 기승을 부리기 시작하는 7월 중순에 나왔다.

나는 이제 세 번째 수필집 『어머니, 어떻게 지내셔요』를 내 품에서 떠나보낸다.

어머니가 하늘나라로 떠나신 세월을 지금 헤아려 보니 어언 10년 세월로 치닫는다. 처음 어머니를 떠나보낸 뒤는 매일 눈물을 흘리고 다녔다. 그러나 지금은 울지 않는다. '세월이 약'이라는 선인들의 말에 수긍이 간다. 그렇다고 어머니에 대한 내 사모의 정이 옅어진 것은 아니다. 일상의 순간순간 어머니의 편린을 체험하는 나는 중증의 '엄마병' 환자다.

그리움이 무엇인지도 모르고 살아 온 나는 어머니와 별리하면서 그리움을 알게 되었다. 죽는 순간까지 치유될 수 없는 본질적인 그리움이다. 요즈음은 나이 탓인지 '내가 삶을 마감하면 어머니를 만날 수 있을까' 생각하는 시간이 많다.

이미 출간된 2권의 책과 마찬가지로 이번에도 서평을 해주신 윤재천 교수님은 수업 중에 인생에 정답은 없다고 하셨다. 항상 건강한 모습으로 현대 한국 수필의 리더로서 자리를 지켜나가던 분이셨다. 그러나 교통사고와 노환이 원인이 되어 지금은 중환이다. 갑자기 강의를 끝내던 어느 날, 나는 내 원고의 서평을 맡아주신 교수님의 선견지명에 감사했다. 강의를 못 하시게 된 뒤, 함박눈 내리는 찻집에서 윤 교수님을 뵐 수 있었던 것은 행운이다. 또 한 번 그런 기회가 오기를 고대한다.

학교에서 '범생이'가 급우의 놀림감이 된 세월은 이미 오래다.

AI에 감정도 실을 수 있다는 연구가 나오는 21세기.

어제의 세상이 오늘이 아니고 오늘의 세상이 내일이 될 수 없는 시대에 우리는 살고 있다. 현실은 너무 빠르게 변하고 있다. 변하지 않는 것을 찾는 건 무모하다. 차라리 변할 수 있어서 좋은 것을 추구해야 한다.

나는 지인들에게 흔히 나의 정체성을 '과거지향과 짝사랑'으로 표현한다.

어머니는 어릴 적부터 나를 '바보'라는 애칭으로 부르곤 하셨다.

과거지향의 짝사랑으로 살아가는 바보 같은 딸을 내 어머니는 애정으로 품어주실 것을 확신한다.

서울에서 김남순

# 어머니 생신

아침에 눈을 뜨면
가장 먼저 생각하는 엄마

35~36도 넘나드는 찜통더위가
하루, 이틀, 일주일, 한 달
내리내리 계속되는 불면의 열대야
얼마나 계속되어야 하는 걸까

가을이 오는 길이 너무 고달프다

구월이 오면

엄마 생신이 기다리고 있는데

엄마, 어떻게 지내셔요

엄마를 향한 나의 사모곡은 깊어져 간다

| Contents |

# 2 파도

# 3 우수雨愁

# 4 어머니 8주기

## 5 어머니 생전에

# 1

## 엄마~~!

'엄마는 죽어도 자식 곁을 떠날 수 없는 것이거든요'

생전의 어머니(진주, 남강변)

# 엄마~~!

이른 아침 빈 동해바다
먼 수평선을 향해
두 손을 동그랗게 만들어 입에 대고
'엄마~~!' 하고 목청껏 외쳐 본다
가슴에 서러움이 차올라도
결코 나는 울지 않는다

동해

# 최악의 폭염

매스컴에서 기상관측 후 최악의 폭염이란다

그리스와 이탈리아는 50도 가까운 폭염에 산불이 나 주
민과 관광객이 대피하는 모습이 TV에 방영되었다


지난밤에는 올여름 처음으로 거실 창을 닫고 잠을 청했
다

맹폭염의 기세가 하룻밤 사이에 덧없이 꺾이는 것 같아
차라리 허무하다

생태변화가 폭발적이란 지구촌의 내년 여름 전망은 어떤
것일까

위안의 짙푸른 양재천 수목은 말이 없다

산책로 곁에 선 작은 나무 둥치에 귀를 바짝 붙이고
그의 대화를 들어 본다

엄마, 가을을 준비하는 나무의 속삭임이 들리지요…

팔월 중순, 양재천

# 지민아, 너 먹고 싶은 거 없니?

여름이 가는 가을장마 속

가는 비가 내리는 인사동 거리에 서서히 어둠이 깔리고 있다


"지민아, 너 먹고 싶은 거 없니?"

뜸한 행인 중에 지나가는 젊은 엄마 목소리다


아, 그렇지!

살아생전

엄마가 내게 일상처럼 하시던 그 말씀이다

이젠 잊기까지 한 아득한 이야기

"얘야, 너 먹고 싶은 거 없니?"
이제 와서 새삼 곰곰이 생각하니
나는 육십여 년을 같이 살아 온 엄마께 언제 한 번 그런 말씀
을 드렸을까?


천상에 계신 엄마
"드시고 싶은 거 없으셔요?"

비 오는 인사동 거리

# 참 우습다

참 우습다.

은퇴한 세월이 10년이 되어 가는데.

30여 년을 함께한 옛 동료들께 새로 나온 내 수필집 띄운 지 꼭 일주일째다.

바다를 건너는 먼 길도 아닌 South Korea 좁은 땅덩이에서 2~3일, 아니 일주일이면 도착하고도 남을 시간 속에 건너갔을 내 책.

어젯밤에는 지리적 오지라는 한국 남단에서 '책, 보내줘 감사하다!'고 90세 가까운 여고 선배님이 보청기까지 끼고 감동의 전화를 주셨다.

8월을 끝내는 가을장마 속에서 온종일 우울하다.

내가 보낸 책을 받았다는 문자 한 줄 없는 옛 동료들이 무심해서다.

수십 년, 오랜 재직의 세월 속에서 어떤 인간미를 기대할 수 있었을까.

새삼 뭘 더 기대하는지.

우울하면 우울한대로 외로우면 외로운대로, 그냥 그렇게 흘러가면 되는 것을.

이 세상 소풍 왔다 먼저 하늘나라 가신 엄마의 그 길로 타박타박 걸어가기만 하면 되는 것을.


하루 종일 내리는 비.

이번 주일은 계속 비가 내려 비요일이 되겠다는 예보 속에서 더 이상 우울의 늪지대에 빠지지 말았으면 좋겠다.

멀리 가까이 있는 지인들도 여기저기서 '수고했다, 축하한다'는 짧은 멘트 한 줄일지언정 푸짐하건만.

내 인생을 송두리째 쏟았던 그곳의 사람들은 약속이라도 했는지 누구도 '책 받았다'는 간단한 문자 한 줄도 없다.

내가 뭘 잘못한 걸까.

비는 계속 내리고.

참 우습다.

내가 쿨cool?하게 마음을 비운 한참 뒤다.

한 사람씩 한 사람씩 문자를 통해 그들의 마음을 전해
왔다.

아니, 따뜻한 정감 어린 사연으로 오랜 세월 못다 한 동
료애를 이제야 보여 주시는 듯 긴 메시지도 보내오셨다.

그러나 아직도 마지막 한 분의 돌아오지 않는 메아리는
얼마나 더 기다려야 하나.

엄마, 세상은 이렇게 흘러가는가 봐요.

* 한참의 세월이 흐른 뒤, 그 마지막 동료 한 분도 긴 손 편지랑 금일
봉까지 보내 주셔 나의 가슴을 감동으로 출렁이게 하셨다.

# 눈부신 날

'눈이 부시게 푸르른 날은 그리운 사람을 그리워하자'

계절이 너무 찬란하고 눈부서 차라리 고독해지는 날
엄마를 찾아 나선다
돌아가신 지 7년
매월 귀향해 가던 성묘도 못 간 코로나 세월 2년

엄마, 잘 계셔요?
저는 잘 있답니다

동네 근린공원

# 글을 쓴다는 것은

죽을 것 같은 '이석증耳石症'을 앓았다.

며칠 밤을 어지러움과 구토로 불면의 밤을 견뎌야 했다. 속수무책의 고통 속에서 어린애가 되어 엄마를 찾으며 울었다. 식욕이 무엇인지 잃어버린 나날들이 한참이나 지나갔다. 병원에 가서 영양제를 연이어 맞았다.

직접적인 이유인즉슨 4년에 걸친 내 실존을 또 한 권의 책으로 마무리하기 위한 스트레스 때문이다.

친구들은 나의 무풍지대 같은 일상에 무슨 스트레스냐며 이해를 못하겠단다. 대학에서 「스트레스」라는 과목을 강의한 적이 있다. 스트레스에의 완전한 도피는 죽음뿐이라는 사실을 학자들은 과학적으로 설명한다. 살아있는 한 스트레스는 피할 수 없다.

드디어 나의 분신인 한 권의 책이 완성되어 이 세상에 나왔다.

선배 문우는 발간의 고통을 출산보다 더하다는 표현을 한다. 같이 공부하는 후배 문인은 책 서두에 가슴으로 낳은 자식이라고 한다. 어느 원로시인 얘기처럼 '극장에서 팝콘 한 봉지 살 돈도 안 나오는…'은커녕 연금생활자로선 벅찬 거금을 투자해야 한다.

동병상련의 오랜 직장동료에게 내민 내 책이 정면에서 리젝트reject 된 아픈 기억이 있다. 사노라면 달도 별도 없는 칠흑 같은 어두운 밤이 있는가 하면, 햇볕 화안한 신작로 길을 걸어갈 수 있는 소확행의 날도 있겠지. 어차피 인생이란 희비가 교차해가며 흘러가는 거니까.

어제는 몇 년간, 한 달에 한 번씩 만나 얼굴 보며 일상을 나눠 온 중학교 동기 두 명에게 헤어질 때 내 책을 주었다. 해가 중천에 떠오른 지금까지, 만남의 일정 외에도 간혹은 공감의 동영상도 띄우는 세 사람의 카카오톡 채팅방은 무심하다.

인쇄된 책은 종이 공해일 뿐이라고?

한 번은 퇴근길의 복잡한 지하철 속에서 헷세의 『데미안』을 읽고 있는 준수한 청년을 본 적이 있다. '아직도 저런 고전을 읽는 청년이 있다니!' 말이라도 건네보고 싶은 마음을 접느라고 힘들었다.

그래도 어머니에 대한 나의 책을 읽고, 자기 어머니에 대한 불효 때문에도 눈물을 흘렸다는 애독자도 많다.

대학에서 학생들의 전공교재를 몇 권씩이나 출판하던 세월.

밤늦은 내 연구실에서, 그리고 주말의 빈 캠퍼스를 지켜가며 솔선수범 교정을 봐 주곤 하던 제자들도 있었다. 그러나 지금은 출판 섭외, 제작에 따른 몇 번의 교정에다 출판 후 책 보내기 등 모든 일을 혼자 감당해야 한다.

오래전에 '문학은 인생의 카타르시스'란 글을 읽은 적이 있다. 그렇기도 하지. 살아 있다는 사실 그것만으로도 충분히 인생을 찬미할 나이도 되었다. 그러나 그것만으로는 몇 프로 부족하다.


나는 밤을 밝히며 글을 쓰는 것을 좋아한다.

글을 쓰는 순간에는 완전히 진실된 나 자신을 발견한다.

곁에는 살아생전처럼 항상 엄마가 앉아서 나를 지켜주신다.

# 팬데믹 속 추석

팬데믹 속 두 번째 추석이다.

어제는 고향 막내 남동생으로부터 전화가 왔다. 백신도 2차 접종까지 완료했는데 귀향하면 어떠냐고. 작년 11월 말, 엄마 6주기를 위한 귀향 계획은 직전에 취소됐다. 고향 조카들이 직장에서 수도권 사람들과 접촉하지 말라는 공문을 받았다고 한다. 이제 우리 가족 모임은 어느새 2세대 주니어junior 중심이 된다.

가고 싶지만….

엄마를 못 만난 세월이 1년 4개월이나 된다. 매월 쫓아다닌 탓일까. 아주 오랜 세월이 흘러간 것 같다. 올 늦가을 엄마 7주기는 고향에서 다 만나 제사도 지내고 성묘도 하고 싶다.

직장 때문에 나보다 더 오래 고향을 못 간 여동생은 가족 채팅방에서 가족 얼굴이 떠오르지 않는다는 진심 어린 농담을 한다. 큰 남동생은 사진을 찍어 올리자 한다. 그래도 달력의 빨간 날자 4개에다 주말 휴일까지 겹친 추석 연휴 속에 카카오톡 채팅방은 화려하다. 여기저기서 가지가지 아름다운 이모티콘과 함께 한가위 축하가 무성하다.

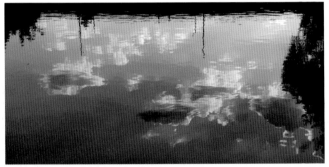

**추석 전날 낮 양재천**

지인들은 추석이라 더 엄마가 생각나겠다고 위로한다. 엄마가 중환으로 몸져누워 계신 오랜 세월에도 느끼지 못했는데, 엄마 별세 후는 명절만 되면 쓸쓸해진다. 북새통을 뚫고 귀향하는 이유다. 코로나가 들이닥친 세월 후는 그럴 수가 없다.

같은 직장에서 오래 같이 생활했던 동료가 추석 인사 전화를 한다. 싱글로 미국에서 학위를 한 재원이다. 어머니가 한국 나이 84세인데, 귀향해서 자매들과 같이 부침개도 만들며 추석을 즐기겠다 한다.

지금 나는 그녀의 얘기가 몹시 부럽다.

새삼 엄마에 대한 그리움 때문에 성큼 눈물이 솟는다.

내년 추석은 어떨까?

모든 것이 불확실하다.

국내 최고 의과대학에서 호흡기내과 교수를 역임하고 얼마 전 퇴임하신 명예교수, 원로의학자의 전망이다. 해마다 우리가 독감 주사를 맞듯이 앞으로는 코로나 역시 함께 살아야 한단다.

세계 뉴스를 통해 시방도 마스크를 전혀 쓰지 않은 북유럽 국가도 본다. 그러나 우리 피부에 닿는 얘기는 아니다. 그렇다고 코로나와 함께 살게 된다는 전망도 수긍이 안 된다. 시간이 문제지 코로나 이전의 시절로 돌아갈 기대를 버리지 못한다.

올해도 추석에는 동네 성당에 가서 신부님 위령미사를 통해 엄마께 그리운 안부를 띄울 수밖에 없다.

엄마, 이해하시죠?
곧 뵐 수 있는 날 기다립니다!

추석 전날 밤 달님

# 어머니 전화

추석날 오전
거실에 혼자 덩그마니 앉아 있는데
엄마한테서 걸려 온 전화

"딸아, 괜찮니?
명절날 혼자 쓸쓸하지 않니?"

"아, 그곳에서도 전화가 되네요!
저도 전화할 수 있나요?
몸 건강히 잘 계시나요?"

# 프로이트

프로이트는 빈의 정신분석학자다.

그는 1856년 5월 6일 오스트리아에서 태어났다. 4살 때 그의 가족은 빈으로 이주하여 삶의 대부분을 그곳에서 보냈다. 유대인 부모 슬하에서 성장한 그는 26세 때 빈 대학에서 의학박사학위를 취득했다. 그는 『히스테리에 관한 연구』, 『꿈의 해석』, 『성 이론에 대한 세 가지 논의』 등 불멸의 저서를 남겼다. 그리고 무의식 세계, 유아성욕 발달, 자유연상치료, 꿈 해석을 통한 정신분석학을 창립했다.

그는 매우 창조적이고 생산적이었으며 하루 18시간이나 연구를 하는 경우도 자주 있었다. 그의 생산성은 턱에 암이 걸렸던 생의 후반까지 계속되었다. 생의 마지막 20년 동안 33번이나 수술을 받았으며 끊임없는 고통 속에서 살았다. 그는 1939년 9월 23일 런던에서 숨을 거두었다.*

학부 4년 동안 심리학도로서 프로이트에 대해 얼마나 공부했는지는 희미하다. 그러나 대학에서 수강하는 학생 강의를 위한 연구 활동은 성실했다. 은퇴세월이 10년이 가까운 지금도 프로이트의 학문적 업적을 생각하면 존경심에 더해 경외감이 든다.

지난밤 뒤숭숭한 꿈 때문에 전전긍긍하다 하루해를 넘긴다.

은퇴와 함께 불현듯 고향을 떠난 나의 서울 입성은 많은 문제점을 안고 있었다. 수도권의 복잡다단한 물리적 환경은 아직도 적응이 안 된다. 대인관계는 또 어떻고. 갑자기 확대된 캠퍼스 외의 다양한 인간관계는 매일 스트레스의 연속이다. 대안으로 택한 여고 동기 모임 봉사단체 연극 활동도 3년 만에 포기한다.

그동안 공부하여 몇 권 낡은 독서 카드로 남아있는 프로이트 이론은 나에게 익숙하다. 내공을 총동원하여 자기분석을 시도해 본다. 내 꿈의 원천은 그 단체에서 소외되어 결국은 낙오되는 나의 모습이다.

프로이트는 꿈을 소망 충족을 위한 위장된 시도라고 한다. 그리고 꿈은 무의식에 이르는 왕도royal road라고 부연한다.

내가 알 수 없는 무의식 세계를 파헤쳐 주는 꿈을 위한 대안은 무엇일까?

'사랑하라! 그리고 일하라!'는 좌우명으로 나를 감동시키던 프로이트 박사에게 꼭 부탁드리고 싶은 게 있다.

꿈에서나마 엄마를 만나게 해 달라고….

* 김남순(2002). 『성격심리학』. 서울: 교육과학사.

# 팬데믹 미사

미사가 시작되면서 부르는 찬송가가 없다.

마스크를 쓴 신자들이 미사 중에 입을 여는 일은 전혀 없다. 신부님 강론은 그대로지만, 전례 봉사자가 신자들이 하던 기도문도 대행한다. 미사를 위한 성당 입장부터 제한된다. 번호표를 받은 신자들은 일정한 인원수 제한 때문에 미사 참여도 못한 채 귀가할 수밖에 없는 불상사도 일어난다.

코로나19가 들이닥치던 작년 봄.

한반도가 완전 '셧 다운shutdown'된 적이 있다.

길거리에 간혹 지나가는 행인은 마스크로 우울한 표정을 가리고 있었다. 백화점이고 거리의 상점들이고 사람을 보기가 힘들었다. 교회, 성당, 사찰 모든 종교행사는 중지되었다. 나의 유일한 숨터 양재천마저 통제되어 아침저녁 산책까지 금지되었다. 그 무렵 우연히 환한 주말 오전 인적 없는 동네 길에서 사복의 신부님을 만난 적이 있다. 평소 같으면 성당에서 미사를 드리고 있을 그 시간에 평복을 입고 지나가는 신부님 모습은 참으로 생경했다.

지금은 제한적이긴 해도 주말은 물론 평일미사도 진행된다.

직장과 가정을 병행하는 팍팍한 일상에도 여동생의 신앙심은 존경스러울 정도여서 주일미사를 빠지는 적은 없었다. 그러나 간호사인 그녀 직장은 원칙으로 미사 참석을 금한다. 덩달아서 나도 부족한 신앙심 때문인지 미사에 곧잘 빠진다.

오랜만에 평일 오전 미사에 참석하여, 꼬박꼬박 주일을 지키던 코로나 이전 세월을 반추한다. 성당을 대대적으로 수리한다고 미사를 진행하는 대성당 옆면 긴 유리창이 모두 투명해졌다. 가을비가 쏟아지는 모습이 그대로 투영되는 게 보기 좋다. 알고 보니 스테인드글라스가 낡아서 교체 중이란다.

수십 년 전, 첫 영세 때의 신비스럽던 영적 체험은 두 번

다시 할 수 없으리!

독신의 딸을 두고 항상 걱정이시던 엄마는 나의 영세를 나보다 더 기뻐하셨다. 하느님께 딸을 맡기셨다고 생각하셨겠지. 제도적으로도 '연령회'라는 성당조직이 신자를 위한 장례 봉사를 하고 있으니까 좀은 안심이 되셨으리라.

에릭슨*은 인간의 성격발달을 8단계로 설명한다. 세상에 처음 나온 아기는 엄마와 관계를 통해 주변을 탐색하면서 제일 먼저 신뢰감을 형성한다. 출생환경이 척박한 아기는 불신감을 더 많이 가지게 된다. 성장과 함께 자율성, 주도성, 근면성, 정체성, 친밀성, 생산성을 쌓아가며 성인이 되고 마지막 관문인 죽음에 이르게 된다.

에릭슨은 인생의 마지막 8단계인 성인 후기에 겪게 되는 핫이슈가 자아통합성 대 절망감이라 한다. 자신의 생을 회고하며 성취, 실패, 그리고 궁극적 한계 수용은 자신의 생에 책임을 지는 통합성을 가져온다는 것이다. 그렇지 못하고 직면한 죽음을 거부하며 자기 인생을 후회할 때 절망하게 된다.

대학에서 학생들에게 「성격심리학」이란 과목을 오래 강의했다. 유난히 에릭슨을 강조한 것은 인생의 마지막 덕목인 자아 통합 때문이다.

그는 성인 후기, 즉 노년기 덕목으로 유희와 종교적 미덕도 덧붙인다. 인생의 오랜 노력, 투쟁, 성취, 아니면 좌절과 실패도 좋다.

그 뒤에 비로소 오는 소화행의 여유로운 유희.

그리고 종교 생활도 하는 시니어.

서예와 성당미사에 열심이시던 엄마의 노후처럼 나도 그렇게 살고 싶다.

\* E. H. Erikson(1902~1994) 독일 출신의 미국 심리학자

 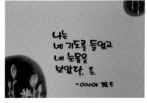

개포동 성당에서

# 한밤중 홀로 깨어

꿈속인지 생시인지.

갑자기 엄마가 너무 보고 싶다.

그동안 엄마도 잊고 잘도 깔깔거리며 살았구나.

선잠 깨어 일어나 불을 켜니 새벽 3시.

엄마 가신 지 7년 세월에 새롭게 엄마에 대한 그리움으로 온 영육이 저려온다.

뭐지?

새삼스레 외로움으로 오는 엄마에의 그리움.

가을이 깊어 가기 때문에.

낮에 아파트 정원에서 본 꼭 엄마 닮은 할머니 모습 때문에.

코로나로 산소도 못가 본 세월이 일 년도 지났기 때문에.

『외로워도 외롭지 않다』는 시인*의 글이 마음에 닿아, 부엌 화이트보드에 크게 적은 놓은 세월이 쉬엄쉬엄 간다.

어제는 웹 소설 플랫폼에서 내 수필 처녀작을 보고 PD가 메일을 보내왔다. 등록해 주면 지극히 소액이지만 입금과 동시에 클릭 한 번에 카운트가 되어 금액이 올라 간대나.

신기한 세상이다.

디지털보다는 아날로그가, 가상보다는 실제가 좋은 나는 AI에 의한 미래 세계를 위해 분발해야 하는 시니어다.

이러지도 저러지도 못하는 거, 그거, 엄마에의 그리움.

절대로 절대로 희석될 수 없는 엄마에 대한 그리움.

매일매일 바라보는 거실의 엄마 사진 속 미소는 밝기만 한데.


우주 속의 한 점, 나는 고아.

엄마, 어떻게 지내셔요?

"외로워도 외롭지 않다"고 저를 위로하시네요.


* 정호승

꼭 내 어머니 같아서

# 책 한 권 무게

내 수필집 무게는 440그램(g)이다.

문과 성향에 수치數癡인 나는 440그램 무게를 정확히 모른다.

며칠 전 만난 국내 저명 문인은 몇 권이나 되는 장편소설을 축약해야 하는 고통을 육신의 절단이라고 표현한다.

대학에서 교재를 저술하는 것과 순수한 창작집을 내는 것과는 차이가 있다.

제자들을 위한 강의를 위해, 연구 실적을 위해 재직 시에는 많은 교재를 썼다. 어느 때는 새로운 이론이 실렸다고 인기 있는 교재가 되어 인쇄를 거듭하며 개정판까지 낸 적도 있다.

그러나 두 번의 창작집은 자비출판이다. 첫 번째 책을 낼 때 출판사 대표에게 꺼낸 나의 변은 '책 출판이 종이 공해가 되는 세상이지요'였으니까. 그러면서도 지금 나는 두 번째 책을 세상에 내놓는다.

순수하던 대학기숙사적 친구가 책 10권을 사 준단다. 오랜 세월에 다정한 추억을 공유한 친구들이 이런저런 연유로 다 떨어져 나가고 유일하게 내 곁에 남아있는 친구다.

친구를 위해 할 수 있는 일이 무엇인가 생각했단다. 한국의 남단 제1 항구도시 B 시에 사는 독실한 불교 신자다.

친구는 내가 부쳐준 책을 받고 한 일설이 '남순이, 살아 있다!'였단다. 혼자 사는 나를 항상 격려하는 좋은 친구다. 뚜렷하게 해 준 것도 없는 내게 부처님의 가피가 닿아, 이럴 땐 내 인생에 고맙다고 절을 한다.


매월 한 번씩 만나 얼굴을 보곤 하던 여고 동기 모임이 코로나 사태로 무산된 세월이 2년이 되어 가는데. 친구를 보고 싶은 그동안의 마음이 모여 정부 시책을 지켜가며 어렵사리 몇 명이 모였다. 나는 이번에 출판된 내 책을 친구들에게 보여 줄 기쁨으로 신명이 났다. 책을 백 팩에 넣어 무거운 줄도 모르고 지하철을 타고 약속 장소인 한강 변으로 갔다. 어디서 그런 힘이 나오는지, 평소 어깨 통증 때문에 조그만 생수 한 병도 가방에 넣질 못하는 나다.

3, 4년간 밤을 밝혀 가며 몇 번씩이나 고쳐 쓰고, 고쳐 쓴 내 분신인 원고가 모여서 또 한 권 책이 된 것이다.

날씨도 눈부시게 쾌청하여 시원한 통유리 너머 한강뷰가 아름다운 레스토랑에서 맛있는 점심도 먹고 커피도 마셨다. 그날의 압권은 한강 유람선 투어이다. '노마드nomad를 즐기는 정신'으로 유유자적하게 한강을 오르내리는 여유가 얼마 만인가. 나의 출판기념 축하라는 제목이 있어 더 좋았다.

한강 유람선 투어

문제는 그날 귀갓길이다.

동행한 친구가 자기 가방 속에 넣은 내 책 한 권이 무겁다고 연방 푸념을 한다. 내 분신인 책 한 권 440그램이 무거운 게다. 나는 그럴 때 대신 들어주겠다는 휴매니티humanity를 발휘하지 못한다. 휴매니티는 커녕 '돌려달라고 왜 말 못하지'를 목구멍 속에 넣고 있는 소인배다.

귀가 후 꼬박 이틀간, '왜 글을 써야 하지?'란 자문自問을 하며 우울의 수렁에 빠져서 헤어나질 못했다.

어느 친구는 귀갓길에 휴지통에 넣어 버릴지도 모를 내 책 한 권.

며칠 후.

이웃 웹툰 작가 엄마와 점심을 같이하는 자리가 만들어졌다.

나는 내 책 한 권을 주려고 가지고 나갔는데, 그녀도 책 한 권을 가지고 나왔다. 내 책보단 훨씬 두꺼운 분량으로 내게 줄 선물이었다. '어머, 꽤 무겁겠네. 어떻게 들고 가지?' 내 머릿속을 스치고 지나가는 생각이었다.

아, 내로남불이란 말이 비로소 이해되었다.

엄마, 왜 글을 써야 하는지 아시지요.
저의 실존을 확인하기 위해 글을 쓴답니다.

# 산길을 걷는다

가을이 짙어가는 시월 말 산길을 걷는다.

내가 좋아하는 클래식 음악과 함께.

음률 한 소절, 한 소절 음표가 오전의 싱그러운 하얀 햇살을 받고 있는 나뭇잎에 내려앉는다.

숲속 한 그루 나무로 환생하고 싶은 날.

아무도 없다.

나 혼자다.

아니 있다.

차이콥스키 교향곡 6번 '비창' 중 2악장이 있다.

무수한 푸른 수목이 있다.

아직은 만추를 향한 단풍 축제의 화려함은 숨기고 있다.

심히 유감스러운 거, 숲이 내게 하는 말을 알아듣지 못하는 거다.

시월 말 우리 동네

"엄마, 숲이 하는 스윗sweet한 얘기 전해주실래요?"

아이고, 깜짝이야. 못 봤네. 회색의 작은 새 한 마리, 저만치서 땅 위를 살금살금 걸어가고 있다. 뭘 찾나? 먹잇감이라도? 어머나! 눈앞을 휘익 지나가더니만 가느다란 나뭇가지에 휘청 앉는 또다른 새도 무지 예쁘다. 짙은 곤색 머리와 밝은 갈색 몸통으로 이루어져 자연스런 색상 배경이 환상적이라 신비스럽다.

시월 말 쾌청한 오전, 동네 인근 작은 동산 속은 저들끼리 엄청 바쁘다.

이 가을이 지나 벌써 준비되고 있는 겨울을 후딱 지나면 또 한 살을 더 먹는다.

시니어 대열의 나는 지금 어디로 가는 중일까.

그저께 안부 전화를 걸어 온 간호대 명예교수는 앞으로 우리는 140세까지 살 거라 한다.

설마?

친구들은 우리의 건강한 미래를 5년으로 잡는다. 5년은 금방 지나간다고 비관하니까, 한국 여류 엘리트 친구들답게 5년은 긴 세월이라고 낙관한다.

'자연은 순간순간 최선을 다합니다. 과거의 후회나 미래의 걱정으로 시간을 낭비하지 않습니다. 주어진 모습 그대로 현재의 순간에 모든 노력을 기울일 뿐입니다.' 어느 스님의 말씀이다.

개신교에 열심인 친구는 죽으면 천국에 가서 평화롭게 살 거라 한다.

불교 신자인 친구는 극락세계를 기대한다.

가보지 못한 죽음의 세계.

시월의 동산에서 먼저 가신 엄마에게 낙엽으로 만든 엽서라도 띄어야 할까 보다.

# 어머니 웃음

엄마는 잘 웃으셨다.

항상 밝고 소탈한 웃음소리를 들으며 성장한 탓에 나 역시 잘 웃는다. 지인들이 나의 웃는 모습이 좋다기에 생각해 보니 엄마 성향을 그대로 닮았다.

엄마의 출생이나 성장에 대해서는 따뜻한 중류 가정의 화목한 배경이었다고 외할머니께서 말씀하셨다. 젊은 시절 경남 산골 마을에서 뜻을 품고 일본으로 건너가신 외할아버지는 일본 교토에 생활 터전을 마련하여 외할머니를 불러들이셨다. 엄마는 형제자매의 장녀로 그곳에서 출생하셨다.

아주 어릴 적 외할아버지 장례식에 엄마 등에 업혀 간 기억이 있다. 외할머니에 관한 추억은 내 유년기 성장에 얽혀 많은 일화가 있다. 외할머니 무릎을 베고 누워 잠들 때까지 졸라가며 듣던 옛날이야기는 얼마나 구수했던지.

일본 대도시에서 성장하신 엄마 여고 시절은 신명 나는 에피소드가 많았다. 요즘 식으로 얘기하면 금수저는 아니었지만, 어린 나이에 현해탄을 건너 일본과 한국을 오가는 가죽구두의 멋쟁이 소녀였다.

엄마는 긍정적이고 낙천적인 마인드로 인생을 사셨다.

결혼 후 젊은 나이에 남편을 병으로 잃고 어린 4남매를 혼자 건사하시는 난관에도 항상 웃음을 잃지 않으셨다. 그 시절로는 드문 고등교육도 받은 신 엄마는 학구열도 높으셨다. 부유하지도 못한 가계에도 장녀인 나를 여고 시절부터 유학遊學도 시켜 주셨으니까.

지금도 생생한 것은 방학을 맞아 귀향하는 내가 우리 집 골목 입구에 들어서면 벌써 엄마 웃음소리가 들리는 것이다. 한평생 신경질이나 짜증을 내는 모습을 본 적이 없다. 엄마 친구들도 엄마의 밝고 화사한 성품을 칭찬하셨다. '엄마는 밝고 화안한 것이 좋단다!' 하시던 엄마의 오래 전 말씀도 머릿속에 남아있다.

어릴 적부터 알아 오던 친구 모습이 장년이 되어가면서 그들 부모님 모습과 비슷하게 변해가는 건 무슨 연유인지. 나 역시 점점 엄마 모습과 비슷해져 가고 있다.

아침에 눈을 뜨면 '지금이 내 인생에서 최고 행복한 순간이다!'고 중얼거려 본다. 엄마가 평생 살아오신 긍정과 낙천의 마인드를 배우는 거다. 그리고 엄마처럼 밝고 화안하게 웃는 거다.

투병 중이셔도…

서해

# 2

## 파도

바다와 파도 속에서 나는 항상 엄마를 만난다.

대학 입학

학부생들의 '생일축하' 파티

박사 제자 졸업식

대학원생들의 '스승의 날' 축하연

# 발달심리학을 위하여

나는 대학에서 심리학을 전공했다.

그것이 도구가 되어 수십 년간 대학에서 학생들을 가르쳤다.

심리학을 전공하게 된 것은 우연이다. 내가 대학에 가던 시절에는 MZ세대 입시전략과는 차이가 있다. 먼저 들어가고 싶은 대학을 정해놓고 다음에 장래 진로가 결정되는 전공을 정했으니까. 일류대학에 들어가고 싶다는 욕망 때문에 미래 직업과 직결되는 전공 선택은 차선책이 되었다. 요즘도 '인in 서울 대학'이니 'SKY 대학'이라는 말은 있지만 진로 선택 정석은 아니다.

대학 입학과 동시에 화려하게 전개되던 '미팅문화'는 여고 시절 통제된 이성 교제의 봇물을 터트려 주었다. 서울 교외 왕릉에서 이루어진 3월 초순 미팅은 S대 남학생과 E여대생 만남이었다. 이른 봄, 왕릉 잔디밭은 화사했고 나의 기억에 아직도 남아있는 파트너와의 대화다. '심리학 전공이면 지금 내 마음을 훤하게 알겠네요.' 미팅 후 지도교수에게 하소연을 했더니, 그럴 때는 '나는 점쟁이가 아닌데요'라고 대답하란다.

재미있으리라 기대했던 전공수업은 통계학을 비롯하여 원서강독까지 골치 아픈 시간의 연속이었다. 공부가 재미있을 수 있을까. 노는 것이 즐겁지. 그래도 미팅, 축제, 기숙사 생활의 대학 4년간은 내 인생의 장밋빛 존zone이다. 물론 청춘의 뒤안길이 없었던 것은 아니다. 신입생 때는 전공 선택에도 회의적이었지만 상급생으로 진급하면서 불투명한 진로 때문에 우울했다.

20대 초반을 돌아보라. 그 시절은 모든 것이 빛나지 않았던가. 번뇌도 실패도 좌절도 고통까지도. 우리는 그 시대를 멋모르고 건너왔다.

대학 졸업 후, 친구들은 현모양처의 길을 위해 몇 개월의 신부수업을 거쳐 결혼을 했다. 취업은 결혼을 위한 유예기간의 임시방편이었다. 취업은 필수고 결혼은 선택인 지금 젊은이들은 이해할 수 없으리라.

나는 친구들과 다르게 취업을 결혼보다 우선순위에 두고 직업여성이 되었다. 자아실현을 위해, 직업을 위해 나는 대학원에 진학하여 심리학을 더 공부하여 석사도 하고 Ph.D.도 했다. 그리고 심리학을 가르치는 교수로서 내 인생의 정체성을 확립했다.

나는 지인들로부터 심리학 전공이라고 대인관계 분석이나 일상적 난관을 처리하는 심리치료기법을 요구받는다.

심리학은 인간을 연구하는 인간과학이다. 나는 심리학 분야 중에서도 기초영역인 발달심리학에 관해 책을 읽고 논문을 썼다. 그리고 수십 년간 많은 학생을 가르쳐 석사와 박사를 배출했다. 때로는 진저리나기도 하던 심리학이라는 학문이 즐거워졌을 때 나는 은퇴 시점에 서 있었다.

이제 나는 심리학이라는 학문이 고맙다.

그중에서도 내가 계속 공부해 온 발달심리학은 내 인생을 이끌어 준 견인차 역할을 했다.

그리고 가장 소중하고 절대 잊어서는 안 되는 거.

엄마의 밑거름이 없었다면 이 모든 것은 있을 수 없다.

# 만추

단풍이 아무리 고와도 말할 곳 없네.

우리 동네 단풍

가을이 떠나가고 있다.
온 세상이 떠나가는 가을을 위한 축제로 눈부시다.
꽃보다 아름다운 단풍을 절감한다.

페이브먼트를 완전 덮어버린 고운 빛깔의 낙엽.

눈을 들면 파란 하늘을 배경으로 샛노란 은행나무, 빨간 단풍나무, 아름다운 색깔이 혼합된 벚꽃 나무의 총천연색 시네마를 본다. 바람이 불면 내 손바닥보다 큰 갈색 플라타너스 잎이 '우수수' 우주의 심장으로 떨어진다.

'위드 코로나'와 함께 시작된 11월은 몹시 분주하다.

거의 2년간 미루어진 만남을 위해 여기저기 인터넷 대화방이 시끄럽다.

얼마나 다행이냐.

아직 아름다운 가을이 우리 곁에 머무르고 있다는 것이.

예년에 비해 따뜻한 입동 날.

어떤 행인은 반소매 차림이다.

내일부터는 겨울을 부르는 비가 내리면서 추워진단다.

어딘가 눈이 내릴지도 모른다는 예보는 올 추위가 매서울 것이라는 추측에 확신을 준다.

마음을 한없이 휑하게 비우는 가을보다는 차라리 겨울이 좋던 대학 시절이 그립다. 그때는 길거리에서 따뜻하게 구워 팔던 숯불 위의 군밤이 우리의 대화를 얼마나 다정하게 만들었나. 하얀 눈이 내리면 그깟 추위는 전혀 상관없어 눈 쌓인 고궁 정원에 내 발자국을 찍어 보겠다고 외출을 서두르던 날도 있었다.

양재천 낙엽의 거리

나이가 들어도 마음은 젊음 그대로라지만, 아니다. 그렇게 좋아하는 비가 와도 옷이 젖을 것을 미리 가늠하고, 내리는 눈을 보고 가슴이 설레기 전에 낙상을 걱정한다.

그래도 만추晩秋는 만추다. 길거리의 낙엽을 밟으면서 구르몽의 '시몬, 너는 좋으냐? 낙엽 밟는 소리가'를 생각한다. 그리고 이브 몽땅의 「고엽」을 흥얼거린다. 사춘기에 탐독하던 모윤숙의 『렌의 애가』를 회상한다.

이럴 때 나는 꼭 엄마를 생각

개포동 거리

한다.

　오래된 엄마 일기장 속에서 발견한, 마른 빛깔 고운 낙엽과 함께 엄마를 생각하면 위안이 된다.

# 어머니 7주기

코로나 속 엄마 7주기.

수도권 사람들의 코로나 전파 때문에 6주기 귀향이 불시에 취소되어 서울 가족은 전전긍긍했지만, 올해는 무사히 고향길에 올랐다.

엄마 7주기 귀향에다 제부 칠순 축하 여행도 겸하기로 했다. 직장에서 연가年暇를 낸 가족들의 3박 4일 남해안 여행은 단풍이 아름다운 가을 정취를 아낌없이 선사했다. 여행 내내 화려하게 펼쳐지는 풍광은 왜 우리나라를 '금수강산'이라고 하는지 증명했다.

첫날은 부산을 목표로, 서울을 떠나 중간 휴게소에서 간

단히 점심을 먹고 부산 근교로 진입했다. 20여 년 전 떠나온 여동생 가족의 추억˙찾기 때문이다.

제부 직장에서 제공한 관사 생활로 그곳에서 유아원과 초등학교 저학년을 지낸 조카다. 조카는 넓게 느껴졌던 운동장이 너무 좁아진 것이 이상하다. 여동생은 비가 오면 학교 진입로로 통하는 개천물이 넘쳐서 아들을 등에 업고 등교시키던 일을 새삼 회상했다.

해운대

제부는 올인 한 직장 일로 이도 저도 몰랐다니 그 시절 중산층 가장家長의 실상이다.

우리는 해운대가 보이는 호텔에 짐을 풀었다. 여동생 가족은 동백섬에 있는 식당으로 저녁을 먹으러 가고 나는 몇 년 만에 대학 기숙사 시절 친구를 만났다. 언제 만나도 다정한 친구와 송정 밤바다 뷰를 만끽하며 해산물이 푸짐한 저녁을 먹었다.

둘째 날은 부산의 명물 돼지국밥으로 아침을 먹은 뒤 해

거제도

운대 해변 산책에 나섰다. 수평선이 보이는 해변에서는 역시나 두 손을 동그랗게 만들어 입에 대고 엄마를 목청껏 불렀다. 이제 눈물은 흐르지 않았다. 가슴이 미어지던 서러움을 아련한 그리움이 대신해 준다.

태종대를 못 가본 조카를 위해 우리는 태종대로 이동했다. 유람선을 타고 빨간 등대를 지나 오륙도가 지척에 보이는 가을 바다 위를 항해했다. 갈매기는 유람객이 던지는 과자에 유인되어 우리 머리 위에서 날았다.

다음 행선지는 거제도 바람의 언덕이다. 일몰이 무지 아름다운 바람의 언덕 펜션은 남해바다 위의 낙조를 황홀하게 펼친다. 이브닝 파티는 생전 못 만난 가족들처럼 켜켜이 쌓인 회포를 풀어내느라, 맥주 캔이 몇 개나 죽어 나갔다. 나는 졸리운 눈으로 그들 곁을 지켰다.

셋째 날, 운전이 힘들 것 같은데 조카도 제부도 내색을

안 한다. 미안하지만 어쩔 수가 없었다. 오전에는 해금강을 거쳐서 외도로 갔다. 문득 오래전에 작은 배로 해금강 십 자동굴로 들어간 기억이 있다. 이번에는 우리가 탄 유람선이 해금강을 스쳐 지나가더니 외도 선착장으로 바로 갔다. 봄이어서 그랬을까, 온갖 꽃으로 바다 위의 낙원 같던 외도는 지금은 정원수가 가득한 인공적인 섬으로 변모되어 아쉬웠다.

아무리 아름다운 풍광도 우리 마음에 어떻게 인식되는지가 중요하다.

외도 정상 카페 커피는 풍미가 별로였지만, 아득히 보이는 바다 위 점점이 떠 있는 하얀 배는 우리의 향수鄕愁를 자극했다.

바람의 언덕이 보이는 음식점에서 점심식사를 했다. 나는 성게비빔밥을 먹으며 오래전 대학원생이 대접해 주던 그 맛을 되살린다. 거제의 끝 동네 여차마을에서 일본에 수출하는 귀한 성게알 비빔밥을 처음 먹어봤으니까. 지금

외도 정상의 카페

쯤은 은퇴하여 제2의 인생을 즐기고 있을 옛날 제자가 새삼 그리웠다.

식사 후, 우리는 엄마 7주기를 위한 최종 목적지인 고향으로 출발했다.

아, 언제나 내 마음 깊은 곳을 차지하고 있는 고향.

엄마가 비록 지하에서지만 기다리고 있는 곳.

내 인생의 전반부를 송두리째 올인 한 직장, 대학 캠퍼스가 있는 곳.

우리가 고향에 진입한 시간은 늦은 오후였다.

나는 오랜만에 직장 동료 후배들과 학교 앞 찻집에서 만남을 가졌다. 재직 중에 자주 들르던 학교 앞 찻집은 나만 빼고는 달라진 게 없었다. 차를 마시는 학생 같은 손님이나 친절한 주인의 서비스도 여전했다. 시간을 거슬러 올라가 대화를 나눈다. 여동생도 수년 만에 고향 친구들을 만나 회포를 풀었다.

작년에 참석하지 못한 엄마 제사가 올해 다시 시작된다. 항상 그렇듯이 제사상 주위를 뛰어다니는 꼬마들의 눈부신 성장이 매년 달라진다. 서울 식구들은 해마다 그래왔듯이 막내 올케가 따뜻하게 마련해 놓은 숙소로 이동했다.

마지막 날 아침 우리는 다시 엄마 산소에 모여 절을 하고 다음 만남을 기약한다.

　어머니 8주기에도 무사히 귀향하여 성묘를 할 수 있게 빌어보면서.

어머니께 바친 두 번째 책

# 작은 출판기념회

'작은 결혼식'이란 말을 들어 본 적이 있다.

코로나가 2년에 걸쳐 기승을 부리면서 직계가족 7명만 참석한 작은 결혼식을 성공적으로 치러 낸 후기가 인터넷에 올라 있다. 오래된 서양 영화 속에는 사랑하는 연인 두 사람이 축하객 없는 빈 교회 신부님 앞에서 결혼 서약을 하는 장면도 있다.

지방 소도시 중학교를 같이 다닌 우리 세 사람은 고등학교와 대학도 같이 다닌 동창생이다. 중학교는 여학생이 두 반밖에 없는 작은 규모였는데 서로 별다른 대화를 나눈 기억은 없다. 고등학교는 여덟 반의 큰 규모였기에 같은 반을 한 적도 없다. 대학 때에도 전공이 달라 4년 동안 만날 수 있는 기회가 거의 없었다.

인구 950만을 상회하는 서울이라는 대도시에서 생활하는 우리는 성인이 되어 다시 만나고 있다. 한 달에 한 번씩 모이는 여고 동창 모임에서다. 수도권 이남 명문 여고로서 자부심이 대단한 이 모임에서 우리 세 사람만 부속 중학교가 아닌 다른 중학교 출신이다. 친구들은 천재들이라고 농담 섞인 진담을 한다. 경합이 심해서 부속 중학교에서도 많이 낙방을 하는 상황에 우리가 어렵사리 합격할 수 있었다는 의미다.

대학을 졸업하고 계속 서울에서 생활한 여고 동기로 이루어진 이 모임 결속력은 대단하다. 남편, 자녀, 손주 이름까지 알아서 안부를 묻는 사이다. 그러나 나는 다르다.

서울에서 대학을 졸업한 후 귀향하여 생활하다 '인in 서울'한 세월이 9년째다. 10년이면 강산도 변한다는 말이 있지만, 그동안 서울 생활은 힘든 시간의 연속이다. 나이가 들어갈수록 자기가 살아 온 터전을 바꾸려 하지 않는 이유를 나는 전혀 알지 못했다.

서울서 생활한 대학 4년이 크게 도움이 되지 않던 것이 우리나라만큼 단기간에 급변한 국가는 없다. 우선은 지인이 없다는 것이다. 대학기숙사에서 숙식을 같이한 친구들은 더 이상 현재의 친구로 이어지지 않았다.

어디든 '소속해야 하는belong to' 내게 두 사람의 중학교 동창은 적극적이었다. 십여 명으로 수십 년 이어 온 여고 동기 모임은 나를 쉽게 끼워줄 분위기는 아니었다. 물밑 작업까지 해가며 나를 구성원으로 만들어 준 고향 친구들이 입단 5년 세월이 흐른 지금 새삼 고맙게 느껴진다.

모임에 들어간 지 얼마 되지 않아 나의 버킷리스트인 첫 수필집을 출판했을 때도 이 친구들 지지는 대단했다. 내 인생의 꽃이 될 수 있는 출판기념회가 처음 열렸을 때도 얼마나 기뻐해 주었는지.

얼마 전에 나는 두 번째 수필집을 출판했다.

동기 둘 중 한 명 친구 딸은 한국 굴지의 대기업에 다닌다. 그녀가 엄마 친구를 위해 서울 최고 호텔 뷔페식당에 식사 자리를 마련해 주었다. 남산 타워가 바로 눈 위로 보이는 전망 좋은 식당이다. 그곳에서도 메인 좌석은 커다란 유리창 밑으로 아담한 정원이 보인다. 연말이라고 제공되는 와인과 함께 차려진 음식들도 고급스럽다.

나의 작은 출판기념회는 이렇게 이루어진다.

어릴 적 고향 친구 두 사람이 만들어 준 출간 축하 자리는 수십 명이 모여서 성대했던 첫 번째 출판기념회와는 다르다. 물론 첫 출판기념회 날의 화려한 기쁨은 아직도 생생하지만.

오후 늦은 시간까지 즐거운 대화를 나눈 뒤 우리는 각자의 길로 헤어졌다.

나는 귀가하는 전철 속에서, 결국 두 친구가 마련해 준 따뜻한 작은 출판기념회에 감동하여 눈물을 흘렸다. 무심한 군중 속에서 어린애같이 되어 눈물을 훔치는….

"또 책 출판하렴, 우리가 축하해 줄게!"

엄마, 든든하시죠.
엄마가 제 곁에 없어도 이런 친구들이 있답니다.

작은 출판기념회

# 미움받을 용기

얼마 전에 장안에 화제가 된 베스트셀러 중에 『미움받을 용기』 시리즈가 있다.

네이버 책 소개는 '심리학 제3의 거장 아들러, 용기의 심리학을 이야기하다!'라며 시작된다. 일본인 저자 기시미 이치로는 원래 철학자였다. 그는 아들러 심리학을 연구하여 집필 및 강연 활동을 펼쳤다. 그리고 정신과 의원 등에서 수많은 청년을 상대로 카운슬링을 했다. 일본 아들러 심리학회가 인정한 카운슬러이자 고문이다. 공共저자 고가 후미타케는 프리랜서 작가이다. 20대 후반에 기시미 이치로 씨를 찾아가 아들러 심리학의 본질을 배워 이 책을 집필했다.

대학에서 학생들을 가르치면서 많은 학자를 만났다. 그 중에서도 아들러에 빠졌던 것은 그의 열등감 이론 때문이다. '인간이 된다는 것은 자신이 열등하다는 것을 느끼는 것을 의미한다.'

아들러는 1870년 2월 7일 오스트리아 빈에서 6형제 중 2번째로 태어났다. 그는 어렸을 때 구루병(골연화증)을 앓아서 형제나 친구들에 비교해 신체적으로 열등했다. 4살 때 폐렴으로 거의 죽을 뻔했으며, 길거리에서 손수레에 치여 두 번이나 죽을 고비를 넘겼다. 아들러는 이러한 신체적 열등감 때문에 엄마로부터 특별한 보호를 받아왔다. 그러나 동생들의 출생으로 그런 보호는 더 이상 받지 못하게 된다.

신체적 열등감으로 특별한 동기부여를 받은 그는 열심히 공부하여 빈 의과대학을 졸업한 후 의사가 되었다. 아들러는 1910년 정신분석학회 초대 회장으로 임명되었지만 프로이트와 결별한다. 1912년 개인심리학회를 만들어 프로이트 이론을 광범위하게 받아들였다. 1922년에는 최초의 아동생활지도 클리닉을 창설하여 교사들을 대상으로 아동생활지도 훈련을 실시했다. 이것이 계기가 되어 공립학교에 수많은 아동생활지도센터가 설립되었다. 아들러는 순회강연 중에 스코틀랜드 에버딘에서 1937년 5월 28일 심장마비로 사망했다.*

아들러는 사람이면 누구나 세 가지 주요 인생과제인 일과 여가, 우정, 사랑에 직면한다고 믿었다. 이 세 가지 인생과제는 건강과 안녕의 핵심이다. 그리고 우월성superiority이란 개념을 만들어 자기완성 혹은 자아실현이란 의미로 사용하였다. 이 우월성을 향한 노력의 근원이 열등감이라고 한다. 모든 인간은 열등감을 갖고 있으나 이 열등감을 어떻게 극복하느냐에 따라 심리적 건강이 달라질 수 있다는 것이다.

인간이면 사랑받고 싶은 욕망을 기본적으로 갖고 있기에 누구나 사랑을 추구한다. 오죽하면 「당신은 사랑받기 위해 태어난 사람」이란 노래까지 있을까. 그러나 우리는 대인관계에서 미움의 대상이 되기도 하고 심지어는 왕따나 소외도 당한다. 직장 왕따 때문에 자살하는 사건이 간혹 신문이나 뉴스에 뜨기도 한다.

미움받을 용기, 그런 부분은 전혀 훈련되지 않은 나의 내면세계다.

엄마, 왜 저를 사랑하기만 하셨나요?

* 김남순. 『성격심리학』.

# 어머니 유언

우리 자매는 7살 터울이다.

내가 중학생일 때 친구들과 함께 외출하려면 따라가려고 보채는 여동생이 귀찮기도 했다. 고등학교와 대학을 고향을 떠나 생활한 나는 여동생과 함께한 시간이 많지 않다. 방학 때 빼고는 여동생의 10대를 정확히 지켜보지 못한 아쉬움이 있다.

그녀에 얽힌 에피소드는 많다.

여동생이 아기일 때 이야기다. 아기를 안고 문밖에 서 있으면, 지나가는 행인들이 예쁘다고 너도나도 안아주곤 했단다. 깔끔하고 야무진 성격에다 인정도 많아 사람들의 사랑을 받는다. 초등학교 1학년 때 시장보기를 시켰더니, 규모있게 반찬거리를 사 오는 통에 가족들이 놀랐다.

대학을 졸업한 뒤 고향에서 직장생활을 하면서부터는 그녀와 일상을 공유했다. 내가 데이트를 할 기회가 있으면 엄마가 파수병같이 그녀를 붙여 보냈다. 쑥맥인 나는 이성과의 만남이 부담되어 그녀 동행이 오히려 다행스럽기도 했다. 최근에 그녀와 진솔한 대화에서, 자기는 재미도 없는데 엄마 명령 때문에 어쩔 수 없이 따라다녔단다. 이런 애기에 MZ세대가 보일 반응이 궁금하다.

세대를 초월할 수 있는 것이 모정이다.

여동생은 결혼 후 나와 한참 헤어져 살았다.

물론 중간, 중간 가족 행사 등으로 일 년에 몇 번씩이고 만나곤 했지만, 서로의 생활에 바빠 세월 가는 줄 몰랐다.


엄마가 돌아가신 뒤 지금, 우리 자매는 걸어서 10분 거리의 아파트에 살고 있다.

나는 직장을 은퇴한 시니어가 되었다.

워크홀릭workholic으로 일밖에 모르고 살아 온 나는 퇴직 후의 공백을 처리할 수 있는 방안을 모색했다. 은퇴를 미리 준비하는 사람들도 있지만, 나의 현실은 그런 여유를 주지 않았다. 직장과 집을 기계같이 일정한 시간에 출퇴근하던 일상이 끝난 뒤, 문득 돌아본 동네 모습이 낯설어서 놀랐다. 게다가 나는 은퇴자로서 고향을 떠나 상경上京까지 감수하는 시니어가 되었다.

이미 수십 년 전 서울에 안착한 동생은 나의 보호자가 되었다.

어릴 적 내가 보호했던 여동생은 이제 나의 생활 매니저가 되어 일거수일투족 모든 것을 관리해 준다. 내가 알게 모르게 일상의 늪에 빠져 헤매 일 때는 더 용감해진다.

최근에도 내 인생의 또 한 번 슬럼프에 일주일 넘어 밤잠 설쳐가며 구원투수가 되어 주었다.

나는 까마득히 모르는 전설 같은 사연은 엄마가 유언으로 말씀하셨단다.

'곁에서 언니 잘 지켜라!'

# 설날 위령미사

올해 설날도 귀향하지 못한다.

엄마 성묘는 동네 성당 위령미사로 대체하기로 한다.

성당 가는 길은 며칠 전 내린 눈으로 하얗게 얼어 있다.

'하얀 눈 위에 구두 발자국, 바둑이와 같이 간 구두 발자국…'

초등학교 시절 배운 동요를 새삼 마음속으로 부르며 성당에 간다.

코로나 전염병이 우리 곁에 닥쳐온 세월이 2년도 넘었다.

너도나도 가면무도회에 출연한 배우 같다. 커다란 마스크로 얼굴을 가린 채 눈만 멀뚱멀뚱 뜨고 긴 세월을 잘 견

우리 동네 성당

디고 있다. 지구촌 어디고 남녀노소 가릴 것 없이 무방비 상태로 목숨까지 무수히 희생해 가며 지금까지 버텨내고 있다.

그동안 동네 성당미사도 고비를 맞았다.

코로나 시절 처음에는 아예 성당 문을 닫고 전혀 미사를 하지 않던 세월도 있었다. 그런 뒤로 겨우 명맥을 이어가던 미사는 나 같은 시니어는 반가워하지 않는다는 자격지심도 가졌다. 넓은 대성당도 거리두기 때문에 신자석信者席이 제한되어 아예 앉을 자리가 없어지기 때문이다. 이런저런 이유로 스스로 성당 가기를 거부하게 되어 꽤 오랜만에 성당미사를 드리게 된다.

신부님은 어느 공원묘지에서 '그대를 믿고 떠납니다'라는 글귀를 보았다고 하신다. 시니어가 되신 신부님은 이 세상보다는 저세상에 더 보고 싶은 사람이 많단다. 그리고 먼저 간 그들이 하늘나라를 잘 인도해 줄 것이라 하신다.

"잊혀 지지 않는 사람은 돌아가신 것이 아니고 살아 있습니다"라는 신부님 강론은 결국 새해 벽두부터 나를 울게 만든다.

엄마를 생각한다.

내가 하늘나라 가서 엄마를 만나면, 그동안 얼마나 보고 싶었는지 울며불며 앙탈까지 부려가며 말할 것이다.
엄마는 내가 보고 싶지 않았는지, 왜 편지 한 장 없으셨냐고 원망스레 여쭤볼 참이다.

# 파 도

해변을 걸어보라.

하얀 파도가 이야기를 걸어온다.

거칠게, 잔잔하게, 그들이 내게 보내오는 메시지는 다양
하다 못해 복잡다단하다.

바다가 좋다.

바다가 노래하는 파도는 더 좋다.

언제 어디서든 만나는 바다를 잊지 못한다.


비 오는 흐린 수평선이 멀리 아득하게 펼쳐지는 부산 기
장군 오시리아 해안로도 그중 하나다. 빗속에서 출렁이는
파도는 내 젖은 감성을 따라 끝없이 이어지는 해안로를 시

간을 헤아리지 않고 걷게 한다. 모처럼 가족여행으로 밤바다가 아름다운 강릉 안목해변의 파도라면 하얀 포말도 즐거움으로 일렁인다. 잔잔하여 더 아름다운 남해바다는 내 고향에 대한 향수가 담겨있기에 파도에 섞여 있는 유년기의 추억까지 끌어올 수 있다.

동해바다는 짙푸른 잉크 색깔의 군청색에 하늘을 향해 높다랗게 치솟는 흰 파도 서슬이 야성적 남성미를 거침없이 드러낸다. 얼마 전에 친구들과 함께 간 강원도 고성 앞바다 파도는 두고두고 잊을 수 없다. 먼 수평선을 배경으로 포효하는 사자 같이 푸른 바다 위에 쏟아내던 하얀 파도

고성바다 풍광(들)

의 절규를 어떻게 외면할 수 있을까. 여정 때문에 그 바다를 떠날 수밖에 없던 미련의 사연을 가슴 밑바닥에 감추고 사는 나는 바다 병 환자다.

서해바다에 관한 에피소드는 조금 우습다. 시흥에 사는 친구가 바다 좋아하는 나를 자기가 사는 동네에 초대한 적이 있다. 푸른 바다와 흰 파도를 기대하며 찾아간 나는 회색 갯벌이 무지 넓게 펼쳐진 장관에 의아했다. '바다가 어디 있느냐'는 무식한 질문을 던져 친구의 웃음보를 자아내게 했다. 그래도 그 갯벌 해안이 유네스코 세계자연유산으로 등재되었다니 얼마나 기쁜 일인가. 미국 동부 조지아 연안, 캐나다 동부 연안, 아마존 유역 연안, 북해 연안과 함께 세계 5대 갯벌 중 하나다.

해외여행에서 만난 바다와 파도는 여러 장의 포스트 카드가 되어 내 인생을 화려하게 장식하고 있다.

수십 년도 전 해외 교환교수로 갔던 미국 플로리다 해안의 파도는 이국적이다 못해 에뜨랑제의 향수병을 더 깊게 했다. 하얀 설탕 같은 부드러운 모래 해변이 끝없이 펼쳐지고 코발트 빛깔 바다에 일렁이던 흰 파도는 얼마나 매력적

이었는지. 그 파도는 내 젊은 날 애환까지 송두리째 싣고
서는 지구 끝 어디까지 가 버렸다.

태평안 연안 미국 서부 도시 시애틀 바다는 '잠 못 이루
는 밤'과 함께 나의 오랜 연민이 송두리째 녹아 있다. 며칠
씩이고 흐린 회색 대기 속에서 내가 꿈꾸었던 인생의 피안
은 무엇이었을까.

끝없이 계속되던 시애틀의 회색 바다

바다가 좋다.
바다가 품고 사는 파도는 더 좋다.
살아 있는 한, 나의 바다 병은 치유될 수 없다.

바다와 파도 속에서 나는 항상 엄마를 만난다.

# 완전 봄이다

　대로에 쏟아진 햇빛이 눈부시다.

　지구촌 온 인류를 위협한 코로나바이러스가 창궐한 세월이 계속 이어지고 있다. 게다가 뉴욕에서 변이바이러스가 발견된다는 뉴스는 병마의 종말을 기대하는 우리를 실망시킨다.

　인류 미래는 불확실의 변이 속에서 허덕이고, 국내는 새로운 대통령 당선자 통치 기대로 술렁이고 있다.

　백화점 문화센터 수필 수업 끝내고 집으로 가는 길.

　전철을 타면 30분으로 해결할 거리를 두 배의 시간을 투자하여 버스를 탄다.

　3월 말 화사한 봄빛을 까만 굴속 두더지가 되어 잃어버리는 게 싫어 궁여지책으로 선택한 방법이다.

운전기사를 의식하며 맞은편 첫째 자리에 앉는다. 버스 앞면 통짜 유리창 너머로 한낮 서울 시내 풍경이 파노라마같이 스쳐 지나간다.

더러 타보는 버스 길이라 새삼 신기로운 것도 아닌데. 시골에서 처음 상경한 유치원생같이 망연히 나타나는 도심 풍광을 스캔scan한다.

지금 나는 내 인생 어디쯤을 가고 있는가.

시니어에게도 꿈과 희망은 있다.

'내일 지구가 멸망하더라도 오늘 한 그루 사과나무를 심겠다'고 한 17세기 네덜란드 철학자 스피노자를 생각한다. 그는 유태인으로 철학적 신념 때문에 동족으로부터 파문당했다. 평생 렌즈를 깎아 연명했지만 담담했다. 매일 또박또박 '현재'를 살았다. 오늘 나무를 심었으니 내일 단 열매를 얻을 수 있으리란 기대가 아니다. 나무를 심었으니 그것으로 됐다.

'내일을 위해 오늘을 희생 말라'는 명언이다.

내일 이 세상을 떠날지라도, 오늘 한 그루 사과나무를 심겠다는 얘기는 신화가 되었을까.

새봄이 이제 완벽한 모습으로 내 곁에 와 서 있다.

나의 미션은 무엇인가.

엄마, 내게 해 주실 말씀 없으셔요?

# 개나리

오는 새봄을 장식하는 개나리가 피기 시작한다.

3월 하순 늦은 오후.

시장 본 꾸러미를 양손에 가득 들고 귀가하는 길.

봄이라지만 바람에 손까지 시리다.

**귀갓길에 핀 개나리**

해마다 피는 개나리가 이 봄, 새삼 슬픔 같은 것으로 얼룩질 예감은 뭐지.

봄을 시샘하는 꽃샘추위.

화려한 개나리 군무에 영혼의 공복으로 방황할 자신을 미리 가엾어 하는 걸까.

이미 땅거미가 내릴 준비를 하고 있는 저녁노을.

여느 적같이 하루의 이별을 위해 붉은 가슴 속살을 송두리째 드러낸다.


이런 시간 지구촌 저녁노을을 탐미하던 「어린 왕자」를 만날 수 있으면 좋겠다. 그리고 슬플 때면 저녁노을을 바라보는 것이 좋다는 그의 위로를 받고 싶다.

그에게 인생의 숨은 지혜를 은밀하게 가르쳐주던 여우도 내 곁에 보내달라고 부탁하면 어떨까.

'어떤 것을 볼 때 마음으로 보지 않으면 잘 보이지 않는다는 것을 말해 주고 싶어. 중요한 것은 눈에 보이지 않는 거야.'

이런 메시지를 내게도 귓속말로 다정하게 전해줄 수 있는….


처음 어린 왕자를 읽고 감동에 빠졌던 그 순간으로 다시 돌아가고 싶다. 그래도 생텍쥐페리가 사막에 불시착하여 문득 어린 왕자를 만나듯, 나 역시 죽는 순간까지 그런 모

멘트moment에 대한 기대를 간직하고 있다. 설마 그게 죄가 되지는 않겠지.

나는 살아있고, 건강하게 지구촌의 일부가 되어 활동하고 있음이 새삼 고맙다.


오래전 봤던 영화 속 엔딩.

「바람과 함께 사라지다」의 여주인공 '스칼렛 오하라'처럼 나는 용감한 여전사가 되어야 한다.

내일은 내일의 태양이 뜬다.


언제나처럼 나를 응원하고 계시는 엄마의 숨결을 느낀다.

# 승차 게이트 5

무심코 헤매다 맞닥뜨린 고속 터미널 '승차 게이트 5'
마음을 추스르는 동안 눈도장 찍었던 고속버스가 금방
떠난다

한동안은 많이도 들락거렸던 승차 게이트 5
내가 탑승하여 떠나야 할 고향 가는 버스다

꽃샘추위에 기가 죽은 봄의 대기는 쌀쌀하다
내 고향에서 날 기다려 줄 사람 누구?
엄마는 하늘나라로 가고 안 계신다
코로나 바이러스에 지구촌 온 인류가 병든 세월도 3년

째다

　누가 이 세월을 정확히 예측했을까


　저녁이 다가오는 차가운 공기에 잠시 벗었던 외투를 다시 걸친다

　그래, 빈집이지만 바쁘게 귀가하여 내일을 준비해야지


　항상 부드럽고 온화하시던 엄마

　화난 얼굴을 본 적 없는 엄마의 미소를 떠올리며

고속버스터미널 승차 게이트 5

# 카네이션 꽃다발

　일 년 전에 엄마께 바쳤던 카네이션 꽃다발이 드라이 플라워가 되었다.

　작년 그날, 찐한 빨강 꽃으로 싱싱한 아름다움을 뽐내던 자태는 어디로 숨어버렸는지. 박제된 꽃송이에서 빨강 색깔의 흔적을 어렵게 발견한다.

　엄마가 하늘나라 가신 세월 8년.

　별리의 아픔도 시든 꽃송이같이 퇴색되었나. 옛날 말에 세월을 당할 장수가 없다지만 내 경우에 그 말이 꼭 적합한 것은 아니다.

　엄마를 고향 산에 묻고 상경하는 승용차 속에서 소리 내어 울었던 그런 슬픔은 이제 아니다. 그러나 아침저녁 시시

때때로 엄마의 실존을 체감한다. 나는 이 '엄마 병'이 죽는 순간까지 지니고 갈 고질이란 것을 잘 알고 있다.

매일 보도되는 기상 현황은 황사, 미세먼지, 꽃가루 오염, 그리고 코로나 질병 오염원까지 뒤섞여 숨쉬기가 불안하다.

그렇다고 병든 지구촌의 파괴되는 생태계가 우리를 위협한다고 실망만 할 것은 아니다. 겨울을 보내지 못하는 삼라만상을 경고하듯 재빠르게 피어나던 무수한 봄꽃의 축제를 우리는 벌써 잊었을까. 먼 산을 배경으로 연두색으로 피어나던 녹색 향연은 엘리엇*의 잔인한 달 4월을 가슴 아프게 음미하게 했다.

이제 오월.

하루, 하루.

상큼해서 스윗한sweet 공기, 내 가슴 깊은 곳까지 들어오는 창공, 한없이 자유로운 흰 구름, 뒤늦게 피어나는 꽃.

오월이 시작되면서 열리는 어버이날과 스승의 날.

싱글 여교수를 위해 제자들이 연인이라도 된 듯 카네이션 선물을 바치곤 했었는데. 그들에게 나는 이미 '잊혀진

여인'이 되었겠지.

아무래도 좋다. 나는 지금, 이 오월이 가기 전에 내 인생의 탑을 또다시 쌓을 것이다.


엄마 돌아가신 뒤 1년, 2년, 3년….

지인들의 생존하신 부모님을 부러워하다 못해 질투까지 하던 세월.

해마다 닥쳐오던 어버이날이 원망스러워 아예 내 마음속에서 삭제해 버리던 세월.

이런저런 세월을 다 건너왔다.


어젯밤에는 담담하게 동네 꽃가게에서 카네이션 꽃다발을 샀다.

일 년 전에 바쳤던 꽃다발 대신에, 내 사모의 정을 담은 새로운 꽃다발이 그 자리에 놓인다.


* T.S.Eliot(1888~1965). 미국 시인. 작가

어머니께 바친 카네이션

# 컬럽 컬리넌

'컬럽 컬리넌'은 내가 사는 아파트의 피트니스가 있는 곳이다.

이사 와서 2년 반이나 되어 가는데 게으름 탓인지 별로 이용하지 않는다.

오월이 한창이지만, 이 또한 떠나보낼 채비를 해야 할 15일.

재직 시엔 스승의 날로 화려하기까지 했는데….

리타이어retire한 세월이 10년 가까워졌다.

나를 스쳐 간 수많은 제자를 새삼 생각해 본다.

대학 신입생부터 박사과정을 끝내고 학위를 한 제자들까지.

대학 생활에 적응 못해 전전긍긍하던 새내기 신입생부터 최고학위를 취득한 영광의 얼굴까지 그들에 얽힌 사연은 많다.

그러나 막상은 문자 한 통 없는 쓸쓸한 오전.

선생님의 인기도가 1/3선으로 떨어졌다는 뉴스가 팩트가 되는 현실이다.

모든 것을 내 부덕의 소치로 돌리면 마음이 편하다.

모처럼 한가한 일요일.

사우나 가는 길.

컬리넌 안에 조성된 사각 정원.

싱그러운 하늘이 아름드리 들어와 있고, 키 높은 수목의 녹색 잎들이 햇살을 받아 눈부시게 반짝인다.

정원 건너편으로 식당에서 가족들과 브런치를 즐기는 주민들이 눈에 들어온다.

천사 같은 아기를 높은 의자에 따로 앉힌 달착지근한 젊은 부부 팀.

　매끈한 머리를 길게 묶은 젊은 아가씨의 혼(자 먹는)밥의 자유로움.

　아직도 대가족이 건재함을 과시하는 할머니를 모신 3대 가족의 커다란 식탁.


　엄마, 어디 가셨나요.

　사우나 끝내고 우리도 같이 브런치 해요.

　엄마가 좋아하시던 초록 색깔 수목의 향기로운 대화를 들으면서 함께 식사해요.

컬리넌 입구

컬리넌 안 식당

# 밤꽃

여고 시절

엄마는
외유한 딸을 전송하려
버스정류장에 나오시곤 하셨다

먼 산에
밤꽃이 흐드러지게 피어…

돌아가신 세월을 헤아려 보는데
6월 첫 주말

새롭게 피어난

양재천변 밤꽃을 보며


엄마를 새삼 그리워한다

양재천변 밤꽃

# 3

우수雨愁

엄마, 이 비가 끝나면 가을이 더 가까이 성큼 다가오겠지요.

비온뒤

# 과수원길

오래 전 「과수원길」이란 동요를 부르던 시절이 있었다.

새삼 그 동요를 부르니 성큼 눈물이 솟는다.

지나간 세월이 바로 내 손바닥 안이기도 하고, 흔적도 없는 그 시간이 서럽기도 해서다. 지금 내게 남아있는 것이 무엇인가 곰곰 생각하니, 나의 마르지 않는 눈물과 그 동요와 함께 떠오르는 추억이다.

서울에서 대학을 졸업하고 귀향하여 교사를 하던 풋풋한 20대 적 이야기다.

교육열이 남달랐던 엄마 덕분에 고향의 유서 깊은 여고를 두고도 더 큰 도회지 명문 여고를 다닌 나다.

소도시에서도 명문 여고 졸업생이라는 자부심으로 결성된 동창회 모임은 활발했다. 매월 정기모임도 있고 봄, 가을에는 야유회도 가곤 했다. 더러는 1박 정도의 여행도 있었다. 내성적인 나의 성격은 직장 일을 핑계 대면서 그런 모임에도 참석하는 경우가 드물었다. 그래도 하루 일정의 야유회에는 참석했다.

목적지를 향해 오고 가는 자동차 속에서 선배 격려로 노래를 부르기도 했다. 장기가 대단한 선배들 열창 속에 나는 동요라도 불러야 했다. 그 레퍼토리 속에 「과수원 길」은 내 애창곡이었다. 선배들과 함께한 야유회는 즐거웠다. 20여 명도 넘던 그 단체에서 내가 제일 막내였으니까 지금 생각하면 격세지감이 든다.


지역사회에서 활동하던 선배들은 이미 돌아가셨거나 노쇠로 활동이 미미하다. 진즉에 외국으로, 또는 더 큰 도시로 떠나가신 선배도 계신다. 노인성 질환으로 아예 모임에 나오지 못하는 분도 있다.

막내였던 나는 최고참 선배 대열에 서게 되었다.

세월의 무상함이라니.

나 역시 직장 은퇴와 함께 10년 전에 고향을 떠나왔다.

그러다 보니 고향 여고 동창 모임도 빠져나올 수밖에 없었다.

한국의 수도권 집중 현상 때문인가.

고향 여고 동창 모임을 빠져나온 후배들과 소모임이 서울에서 자연스럽게 이루어졌다.

이곳에서는 내가 최고 선배다.

고향에서 이 모임이 시작될 때 내가 제일 막내였던 걸 생각하면 쓸쓸하지만, 인지상정으로 받아들여야 한다.

후배 총무 얘기로는 고향의 모임이 쇠퇴해져서, 월례회는 폐지되고 봄가을 두 번 모임으로 정리했단다.

섭섭하다.


과수원 길을 걸으면서 그 옛날 과수원 길을 생각한다.

그리고 고향에서의 꽃보다 아름다웠던 동창, 나의 사람들을 추억한다.


엄마, 제가 가장 아끼던 여고 모임 아시죠?

그 모임이 쇠퇴해져 몹시 섭섭해요.

넉넉치 못한 가정형편에도 도회지 명문 여고로 철없는 딸을 유학시켜 주셨잖아요.

그래도 여기 한국 수도 서울에서 수재들인 후배들과 작은 모임이 만들어졌어요.

오늘도 그녀들과 신나는 하루를 보냈지요.

그녀들과 언제 「과수원길」을 떼창할 수 있기를 기대하면서요.

# 어머니가 보고 싶다 2

아무런 동요도 없는
무심한 일상 중에도
엄마가 보고 싶다

엄마 계신 하늘나라로 떠날 세월이
바로 앞 저기쯤
눈앞인 이 세월에도

엄마만 생각하면 금방 눈물이 난다

내 마음은 엄마의 그리움으로

차곡차곡 쌓여진 깊은 심연

조금만 흔들려도
눈물로 일렁이는 눈물의 샘

시도 때도 없이
엄마가 보고 싶다

# 영동6교에서

매일 아침, 이 다리 밑에서 하루를 시작한 적이 있다.

코로나 팬데믹이 우리를 덮쳐 오기 전이니까 꽤 시간이 흘렀다.

서울의 강남 생태하천이자 미래 자연유산으로 등장한 양재천에는 다리가 많다. 내가 사는 동네에서 제일 가까운 다리는 영동 5교다. 그곳서 탄천 쪽으로 내려가면 금방 6교가 나오고, 서초구 쪽으로 올라가면 4교가 나온다.

6교는 다리가 넓어서 다리 밑 공간도 시원하게 뚫려 있다.

그 앞 양재천 역시 폭이 넓어져서 이른 아침에는 물속을 노니는 잉어 떼도 쉽게 볼 수 있다. 그리고 하얀 새, 징검

다리, 유월이면 고혹적으로 피어나는 빨간 덩굴장미, 꽃양귀비, 백일홍 등 스토리텔링이 될 것이 많다.

장맛비가 억수로 퍼붓던 이른 아침, 6교에서의 서정을 글로 적어 봤더니만. 지방에 사는 막내 남동생이 모처럼 상경하여, 새벽 산책길을 6교로 잡아 사진까지 찍어 왔다.

가슴이 따뜻해진다. 큰누나 마음을 헤아려주는 거 같아 기쁘다. 새삼 내 비망록 소중한 사연을 함께 나누어 보는 것 같아 어릴 적 추억이 떠오른다.

4남매 중 장녀인 나와 막내인 그와는 아홉 살 차이가 있다. 원래 형제자매 서열에 따른 특성이 있지만, 막내는 좀 더 많은 기질이 있다. 막내 울음소리는 부모가 저승에 있어도 들린다지 않는가.

내가 초등학생이던 시절이다. 아기인 그이를 업고 정신없이 동네 아이들과 놀다가, 그이가 등에서 미끄러져 내리는 줄도 몰랐던 황당한 일도 있다. 지금 생각해도 무지 미안하다. 말도 못하는 어린 아기가 얼마나 놀랐을까.

'막내야, 이제라도 사과할게! 누이가 야무지질 못했다.'

어디 그뿐일까. 울기도 엄청 많이 울어서 달래기가 힘들었다. 지금 생각하면 아기를 제대로 케어 하지 못한 내 탓이겠지. 그러나 그때는 귀찮고 성가셔서 달래기보다는 오히려 윽박지르기도 하고 간혹 때리기도 했겠지? 너무 오래 전 일이라 기억이 희미하다. 지금은 팔씨름 할 대상도 못 될 누이가 그때는 단연코 힘이 쎈 강자였으니까.

'막내야, 미안하고 미안하다. 큰누나가 소견머리가 없어서…'

일 년에 몇 번이나 만나 볼 수 있는지를 다섯 손가락으로 꼽아봐야 하는 세월 속에 살고 있는 우리 남매다.

며칠 전 귀한 해후에서 그이가 요즈음도 양재천 영동6교 쪽으로 산책을 자주 가느냐고 물어 온다. 요즘 산책은 6교 쪽으로 잘 안 가게 된다고 말하지 않았다.

왜 한결같기만 한 일상이 하루도 똑같은 날이 없을까.

돌아올 수 없는 세월.

The time of no return.

나는 오늘 새삼 영동6교에 나와 오후의 바람 속에 앉아 있다. 그곳에는 물고기도 새도 장미도 꽃양귀비도 백일홍도 아무것도 없다.

그러나 세월을 뛰어넘을 수 있는 것이 무엇인지 새삼 생각해 봐야 한다.

양재천 영동 6교 밑

엄마, 4남매 중에서도 막내라고 더 애틋해하던 그이가 며칠 전 왔다 갔어요. 한 집에서 같이 뒹굴고 싸우기도 하며 살던 그이도 이제 은퇴자예요.

엄마, 우리 더 자주 오래 볼 수 있게 해 주셔요!

# 하지제

하지제夏至祭는 중하절仲夏節이라고도 하며 하지일 북유럽 명절이다. 매년 날짜가 바뀐다. 스웨덴에서는 중하절이 공휴일이다. 북반구 고위도에 위치한 탓에 겨울이 유난히 길고 일조량이 적은 스웨덴의 오래된 여름 풍습이다. 스웨덴의 손꼽히는 명절 중 하나인 하지 축제는 하지를 전후로 3일 동안 열린다.

이때가 되면 오전 2시에 뜬 해가 밤 10시까지 지지 않는데, 햇빛이 그리운 스웨덴 사람들에겐 이 시간이 특별하지 않을 수 없다.

전통 옷과 화환으로 꾸민 마을 사람들이 광장에 모이면

스웨덴의 하지 축제

축제가 시작된다. 하이라이트는 바이킹 시대부터 내려온 풍습인 기둥 세우기다. 들꽃과 자작나무로 장식된 15m 높이의 마이스통Majstang은 축제의 상징인데, 풍년을 기원하는 의미를 담고 있다. 나무 기둥이 세워지면 사람들은 전통춤을 추며 주위를 돌며 전통 악기와 아코디언 연주가 이어진다. 그리고 한쪽에는 청어 절임인 헤링Herring과 햇감자로 푸짐한 전통 식탁이 마련된다. 여름 햇빛을 축하하는 케이크와 전통 술 스납스Snaps를 맛보는 것도 빼놓을 수 없는 재미다.

3일간의 뜨거운 축제가 끝나면 사람들은 일상으로 돌아

가고, 해는 조금씩 짧아진다. 스웨덴의 겨울은 9월부터 시작되는데, 아침 9시에 해가 뜨고 오후 2시면 저무는 기나긴 밤이 이어진다.*

일본서 성장하고 교육도 받으신 엄마는 생전에 NHK 일본국영방송을 곧잘 보셨다. 그럴 때는 옆에 있는 내게 훌륭한 동시통역사 역할도 솔선하셨다.

어느 여름, '하지제'를 방영하는 일본 TV 내용을 얼마나 소상하게 생중계 해 주시는지. 나는 그때 처음으로 스칸디나비아반도 국가 중에서도 복지가 잘 된 스웨덴의 하지제를 알게 되었다. 먼 나라 북유럽의 목가적 축제가 얼마나 신선한 충격으로 다가왔는지 모른다.

그 뒤 엄마 칠순 여행으로 북유럽을 함께 여행했다. 실제로 스웨덴에 가서 그 나라 풍광과 여름 문화를 접하면서 그들의 생활에 젖어보았다.

오랜 추억의 편린이 머릿속에서 새삼스레 소용돌이를 만드는 날.

하지제, 검푸른 바다, 한국 외교관 부인 출신 가이드 등….

엄마가 곁에 계셔 다시 한 번 그런 이야기를 다정하게 나누고 싶다.


* 네이버 위키백과

# 어느 날 아침

이른 아침.

친구가 보내온 「KBS2, 불후의 명곡」*에서 민우혁이 열창하는 「여로」를 또 한 번 들어본다.

그는 여자의 일생을 그린 오래전 인기 TV 드라마 「여로」 주제가를 엄마의 일생으로 가사 속에 녹였다.

「꽃피우던 그 세월을
그렇게 사셨구나
아쉬움도 뒤로하고
나를 꽃 피우시려
그렇게 사셨구나

자신의 꿈 숨겨두고
자식의 꿈 희망 되어
한평생 나를 위해
그렇게 사셨구나

행여나 부족할까
넘치도록 다 주고도
해준 거 하나 없다
그렇게 사셨구나」

아쉬움에 돌아보는 「여자의 길, 어머니의 길」을 들으며
울었다.

유월이 떠날 채비를 하는 하순 무렵.
하늘나라에 계신 엄마가 새삼 그리워 한참이나 울었다.

그리움이란 무엇일까.
그리움의 뿌리란 무엇일까.

엄마, 좀만 기다리세요.

저를 보실 날이 멀지 않으셔요.

* 2017. 9.23. 방영

# 여동생

"당신이 현관문 앞에 두고 간 '한국 무용 재료와 수필 원고 청탁서' 잘 받았소."

아침 일찍 출근한 여동생에게 내가 보낸 카카오톡 내용이다.

7년 연하인 그녀는 하나밖에 없는 내 여동생이다.

두 남동생과도 끈끈한 가족애로 뭉쳐져 있지만 여동생과는 더 밀착해 있다. 걸어서 10분 거리에 사는 그녀와는 거의 매일 만난다. 퇴근하면 우리 집부터 들러서는 하루 일과를 서로 얘기하다 보니 시시콜콜한 일상을 공유한다. 지인들은 이런 우리 자매 관계가 이상하다고도 반응한다.

가족관계처럼 다양한 패턴이 또 있을까. '피는 물보다 진하다'는 대명제는 인류사에 기록될 진리라는 걸 모르는 사람은 없겠지.

　4남매의 장녀인 내가 초등학교 6학년 때 아버지가 돌아가셨다. 홀어머니 밑에서 겨우 2살인 막내를 시작으로 4남매가 성장하면서 얼마나 많은 에피소드가 있었는지. 갓 서른을 넘기면서 가장이 되신 엄마 애환을 평생 독신으로 살아 온 나는 절대로 알 수가 없다.

　일 년 365일을 생업을 위해 고군분투하시던 엄마 모습은 우리 4남매가 살아가는 이정표가 되었다. 일주일이고 한 달이고 쉬는 날이 없으셨기에, 어쩌다 모처럼 일을 쉬는 날은 우리 남매들 축제였다.

　그런 날 엄마는 작업복 대신 하얀 저고리 동정이 눈부신 진한 초콜릿 빛깔 한복을 곱게 차려입으셨다. 어린 우리 남매는 신이 나서 껌딱지같이 엄마께 붙었다. 그리고는 시내 공원이나, 야외 산이나 바다로 나들이를 가곤 했다. 그 시절의 환한 햇살 같은 즐거움은 잊을 수 없다.

　엄마는 천성적으로 밝고 긍정적으로 인생을 사시는 적극적인 인품을 가진 분이셨다.

어느덧 다들 시니어 대열에 들어섰거나 그 주변에 가까워진 우리 4남매다.

남동생 둘은 지방에 살고 여동생과 나는 서울에 산다.

어릴 적에는 장녀인 내가 보호자가 되어 부모님을 대행해야 할 일이 알게 모르게 많았었는데. 언제부터인가 서서히 그 위치가 전도되기 시작했다. 특히 바로 밑 장남인 남동생은 성장하면서 나의 보호자로 변신한다. 씩씩한 군인 아저씨로 변모한 남동생을 서울에서 처음 만나던 날이다. 얼마나 대견하고 든든했는지. 꼭 돌아가신 아버지가 살아오신 듯 뿌듯하고 믿음직하던 푸근함을 아직도 잊지 못한다.

지금, 내 인생에 있어 여동생의 존재감은 절대적이다.

어릴 적에는 내가 그녀를 보호했는데, 성장하면서 친구같이 되더니만 이젠 나의 든든한 지원자가 되었다.

내가 20대이던 시절에는 데이트 동반자 역할까지 한 그녀다. 엄마 명령에 의한 미션이었다는데, 하늘나라 가서 엄마 만나면 확인 해 봐야겠다.

독신인 나를 위해, 돌아가신 엄마가 해주신 역할이 그녀에게 주어진 셈이다. 미안하다.

　엄마, 어쩌죠? 옥이가 너무 힘들어서….

나와 여동생

# 범람한 양재천

100여 년만의 폭우다.

장대같이 쏟아지는 비, 번개, 천둥.

길이 침수되고 자동차가 잠긴다.

퇴근길 시민이 고급 승용차도 버려 놓은 채 귀가할 수밖에 없다.

하늘에 구멍이 뚫어진 듯 어제도 오늘도 쏟아지는 팔월의 폭우는 기세가 무섭기까지 하다.

스스로 '비를 부르는 여자'라는 별명을 사양하지 않고, 사시장철 비만 내리면 로맨티스트가 되어 방황하던 젊은 날이 있었다.

범람한 양재천

지금이라고 크게 달라질 것은 없다.

창 넓은 찻집에서 따뜻한 커피를 시켜놓고 빗속의 행인들을 무심하게 지켜보고 싶다.

그중에서도 비 오는 바다는 나의 환상이다. 아예 비 오는 바닷가를 찾아가고 싶기도 하다. 흐린 수평선을 바라보며 회색의 하늘과 바다를 한도 없이 지켜보고 싶다. 하얀 포말을 일으키는 파도에다 대책 없는 내 서정을 실어 보내기도 하고.

일상 중의 운동을 위한 집 근처의 양재천 산책은 중요한 일과다.

간혹 지인들이 무슨 운동을 하느냐고 질문하면 '시간이 나면 양재천 산책을 한다'고 대답한다. 적극적인 친구는

'시간이 나면이 아니고 시간을 내어서' 운동을 해야 한다고 충고한다.

나의 비활동성은 어릴 적부터의 성향이었던 것 같다.

외할머니께서 '쟤는 책상에 앉으면 일어날 줄 모른다'고 하셨다니. 성인이 된 뒤에 우연히 조카에게서 듣게 된 일화이지만.

시대를 살아가는 생활철학도 바뀌게 마련이다.

내 성장기 행동 패턴은 특히 여자의 경우는 현모양처가 되기 위한 조신한 교육이 가장 중요한 덕목이었다. 결혼도 선택이 된 21세기 MZ세대 여성은 적극적 사고에 의한 활동적인 라이프 스타일을 선호할 것이다.

그렇다고 내 주변 지인들이 무조건 MZ세대와 다른 생활 양식을 가지는 것은 아니다. 성격이 운명이라는 말이 진즉에 등장했듯이 개인 성향이 더 우선적이다.

어떻든 나는 상당히 내성적이고, 외적인 활동보다 사색적인 성향이 강하다. 그런 내 생활양식은 양재천 산책이 탈출구가 된다. 시간을 억지로 만들어 산책을 하는 정도는 아니지만. 틈만 나면 양채천으로 치닫는 세월이 이in 서울

한 10년 세월과 맞먹는다.

일 년 사계절을 양재천 변화로 감지하면서 내 마음의 소용돌이도 함께한다.

웬만한 속앓이는 양재천 산책으로 치유된다.

자연은 단연코 우리를 배반하지 않는다는 것을 알고 있으니까.


쉽게 보기 힘든 범람한 양재천을 보며, 빗속에서 나의 구심점인 엄마를 그리워한다.

항시 그러하듯 빈집으로 귀가하는 길에는 공복같이 엄마가 몹시 그리워진다.

# 여름이 가고 있다

여름이 역사 속으로 사라지고 있다.

끝도 없이 펼쳐지며 기세를 꺾을 것 같지 않던 열대야가 그제 밤도 어젯밤도 사라져 차라리 허무하다. 어머, 어디선가 귀뚜라미 소리도 들린다. 이렇게 여름은 맹렬한 소나기 같은 정열을 속절없이 버리고 아무런 미련도 없이 내 곁을 떠나간다.

다시 가을은 내 사유의 뜰을 어지럽히면서 저만치서 걸어오고 있다.

아침 산책길 풀벌레는 무슨 사연으로 저렇게나 목청을 돋우며 울어대는 걸까. 푸른 수목 밑에 하얗게 떼를 지어

핀 작은 꽃도 내게 꼭 할 말이 있는 것 같다.

작열하던 뜨거운 햇볕과 기록적인 폭우와 열대야는 아무래도 너무 가혹하지 않았냐고.

양재천 산책로는 지난번 범람 이후 복구가 안 되니 애가 탄다고.

폭우와 범람 속에서도 여름 백일홍 몇 그루는 양재천을 지키고 있지 않더냐고.

중복 날 뙤약볕을 걸어서 사람 없는 빈 극장에서 본 「베르히만 아일랜드」는 올여름 기념비 같은 에피소드라고.

한센-러브 감독은 스웨덴의 세계적인 영화감독 '잉그마르 베르히만'의 예술혼을 우리에게 어떻게 녹여내더냐고.

극장을 나와 걷던 광화문 넓은 보도블럭 위 여름 가로수가 향유하던 녹색 사연은 무엇이더냐고.

이 순간만이 살아 있고 금방 지나가면 곧 과거가 된다. 영원이란 바로 지금 이 찰나로 감지될 뿐이다.

하루, 이틀 사이 가을이 오면 우리는 지나가는 이 여름을 깡그리 잊어버린다. 그럼, 깡그리 잊어버리고말고. 이런 당연한 순리가 나를 쓰라리게 한다.

아, 어째야 하나
세월의 무게
실감 나지 않는 인생의 무게

내 인생의 퀘렌시아*, 엄마!
여름의 끝, 양재천변 벤치에 앉아 가신 세월을 헤아려
보는데.

"엄마, 어떻게 지내셔요?"

* Querencia(안식처)

# 슈베르트의 「밤과 꿈」

오스트리아 작곡가 슈베르트는 31세에 세상을 떠난 천재 작곡가다. 누구보다 뛰어난 재능으로 탁월한 음악을 만들어 냈지만, 소심한 성격과 주변 환경 탓으로 제대로 빛을 보지 못했다.

슈베르트 음악은 어느 작곡가 작품보다 중독성이 강하다. 그 매력은 '가곡의 왕'이라는 별명에서 떠오르듯 아름다운 선율미에 있다.

슈베르트 최고 인기작은 역시 연가곡집連歌曲集 「겨울 나그네」다. 이 작품은 빌헬름 뮐러의 시에 슈베르트 특유의 짙은 서정성과 센티멘털이 얹힌 명품이다. 사랑에 배신당한 시인이 추운 겨울, 정처 없는 여행을 떠나며 떠올리는 회한과 상상이 그 모티브다. 이 가곡집은 많은 이에게 작곡가인 슈베르트 자신의 이야기를 담은 듯 느껴지도록 한다.*

소녀 시절부터 나는 클래식 음악을 듣는 것을 좋아했다. 친구들과 어울려 노는 것보다는 집에서 책을 본다든가 음악을 듣는 시간이 더 많았다. 그 시절 어려운 살림에도 우리 집에 있던 전축으로 SP판의 레코드를 통해 음악을 듣곤 했다. 차이콥스키 「비창」은 내가 처음 들은 전 악장 심포니였다. 나는 장안에 유행하는 한국 대중가요보다 서양의 가곡, 오페라 아리아, 피아노와 현악 협주곡을 더 좋아했다. 문학소녀로서 세계문학전집을 섭렵했듯이 나의 정신세계는 클래식 음악에 심취하기 시작했다.

여고생으로서 입시전쟁을 거쳐 대학에 진학했을 때, 나의 목표 중에는 클래식 음악에 관한 방대한 이론 서적 탐독도 들어 있었다. 그 무렵 탐색한 작곡가 중 베토벤은 너무 위대했기에 경외하다 못해 부담스럽기까지 했다. 반면에 연주장에 세탁소 꼬리표가 달린 연미복을 입고 나타났다거나, 오선지가 없어 작곡을 못하는 슈베르트는 내 이웃 아저씨 같아 가슴이 아팠다.

저녁이 오는 산책길
슈베르트의 감미로운 선율
아, 얼마 만에 만나는 「밤과
꿈」인가
어우러지는 석양빛 개천의 물
소리
행복이란 무엇일까
바람도 밤을 지새울 공간을
준비하는 시간
가을이 오고 있다
여름이 가고 있다

저녁이 오는 산책길

엄마, 가난이 죄가 될 순 없지 않습니까.
가난했기에 더 아름다울 수 있는 슈베르트를 생각한답
니다.

* 김주영(2022.12.16). 「살며 생각하며」. 겨울에 만나는 슈베르트.
문화일보

# 김영욱 씨의 바이올린 협주곡

8월이 가는 양재천을 산책하면서, 좋아하던 연주자 김영욱 씨의 「부르흐 바이올린 협주곡」을 듣는다.

아름다운 바이올린 선율 때문에 가슴이 저려온다. 세월 속에서 조금씩 나이를 먹어 가고 있는 자신을 새삼 반추하면서.

클래식 음악에 빠져 생활공간이 음악으로 출렁이던 대학 시절, 지금같이 모든 것이 풍요롭지 않던 60년대 후반 이야기다. 시간이 나면 시내 고전음악실에 가서 피아노나 바이올린 협주곡부터 심포니까지 몇 시간이고 푹 빠져 감상에 젖었다. 나무로 삐걱거리던 계단을 올라 이층출입문을 열면, 컴컴한 실내 속 음악에 심취해 있던 젊은 대학생들 모습이 선연하다.

그 시절 서울 장안 고전음악 감상실이래야 뻔했다. 실황연주회는 시골서 상경한 여대생이 쉽게 갈 수 없는 호사였으니까. 나의 갈증을 채울 수 있는 유일한 도구는 작은 라디오뿐이었다.

지금도 애청하고 있는 KBS FM 클래식 방송은 나의 생활을 채워주는 윤활유였다.

대학을 졸업하고 생활인이 되어 워라밸같은 말은 이해도 못하는 직업여성으로 70~80년대를 살았다. 전공 서적을 읽고 논문을 쓰고 학생을 가르치는 일 외에 다른 어떤 일을 할 여유가 없는 세월이었다. 인문학적 교양서적을 읽거나 좋아하는 음악을 듣는 일이 사치스럽게 느껴지기도 했으니까.

지방에서 직장생활을 하던 내가 모처럼 모교에 들렸을 때다.

화려한 봄 캠퍼스 강의동 게시판에 붙어있던 '김영욱 바이올린 연주회' 포스터는 얼마나 신선한 충격이었던가. 그는 젊고 지적인 얼굴의 연주자로서 나를 바라보고 있었다.

"그래, 내가 바이올린곡을 엄청 좋아해 많이도 들었지. 멘델스존이나 차이콥스키는 물론 부르흐 등…"

"그 유명한 바이올린 연주자 김영욱 씨가 저렇게 생겼구나."

나의 혼잣말에, 옆에서 듣고 있던 지인이 거들었다.

"당신이 좋아하는 타입이 저런 사람이요?"

물론 나는 그의 연주회에 갈 수 있는 여건이 되지 않았다.

나는 지금 인생을 관조하는 시점에 서 있다.

'어깨뼈 부러지고, 더 좋은 음악가 됐다'는 김영욱 씨의 기사를 인터넷에서 몇 년이 지나서야 비로소 확인하는 무심한 사람이 되었다. 그는 오래전 내가 모교에서 봤던 젊고 지적인 얼굴의 연주자에서 연륜을 쌓은 S대 교수로 변모해 있다.

여름이 가고 있다
뭐든 떠나는 것은 아련하고 슬퍼진다

내 곁에서 뜨겁게 작열하던 여름이 냉정한 뒷머리를 싸
늘하게 보이며 떠난다
그래, 떠나는 자를 붙잡기야 하겠냐
차라리 오는 가을을
어렵사리 오는
구월을
내 인생의 새로운 가을로 맞이해야지

엄마, 여름이 가고 가을이 내 곁에 와 있어요.

가을이 오는 양재천

# 우수雨愁

온종일, 아침부터 한낮이 지나도록 계속 비가 온다.

구월이 열리면서 가을이 시작되나 했더니만 하루 종일 비가 내린다.

온갖 시름과 우울을 이 비가 씻어주면 좋으련만.

비가 오면 나는 우선 마음속부터 젖기 시작한다.

대학에 다니던 때는 비만 오면 기숙사를 나와 괜히 빗속을 쏘다니곤 했으니까. 하다못해 학교 교문앞 찻집에라도 들러 창밖으로 내리는 비를 보며 시간을 보내곤 했다.

지금은 세월 탓에 빗속 외출은 귀찮다는 생각이 먼저 든다. 비에 젖은 우산도 처치 곤란이다. 그렇다고 가슴 밑바닥에 깔려있던 아련한 추억이 들쑤시고 일어나는 것을 영 무시해 버릴 수가 없다.

오늘 같은 날은 대학 때 봤던 「우수雨愁」라는 영화가 새삼 선명하게 떠오르면서 그 시절이 무척 그리워진다. 학기 중 공강 시간을 이용해서 조조할인 영화를 개봉관에서 보는 것은 중요한 일이었다.

지금도, 개봉관 입구 간판에 커다랗게 붙어있던 '나타리 우드'의 모습을 선명하게 기억한다. 레인 코트를 입은 멋있는 모습이었다. 그녀를 나는 평소에 좋아했다. 그 영화 속에서도 동화 같은 '꿈과 희망'을 키우면서 변화된 삶을 살기를 희망하는 그녀가 인상적이었다.

영화는 철로 위를 걸어가는 주인공인 그녀의 여동생이 나타나면서 시작된다. 여동생은 언니가 입던 빨간 파티 드레스를 걸치고 있다.

영화의 원제는 「저주받은 재산This Property is Condemed」으로 1966년 미국영화다. 감독은 시드니 폴락이고 원작은 테네시 윌리암즈 희곡이다. 출연한 배우는 나타리 우드와 로버트 레드포드 그리고 찰스 브론슨 등이다.

개략적인 스토리는 20세기 초 미국 남부 미시시피주 작은 마을에서 일어난다. 마을 사람들 대부분이 철도 노동자인 이 지역에서 하숙집을 하는 중년여인의 딸 앨바(나타리 우드)는 빼어난 미모로 마을 남자들 사랑을 독차지한다. 자유분방한 듯하면서도 순수한 그녀는 소녀같은 꿈을 꾸는 처녀다.

이곳에 낯선 젊은이 오웬(로버트 레드포드)이 철도국 소속 감찰원으로 나타난다. 그가 앨바의 집에 하숙하게 되면서, 서로 사랑하게 된다. 그러나 앨바 어머니나 철도노무자 제이제이(찰스 브론슨) 때문에 이들의 사랑은 순탄하지 못하고 결국은 비극으로 끝나게 된다.

서울 개봉 당시 무려 15만여 명 관객을 동원한 흥행 대성공작이었다.


영화를 본 세월이 오래되었지만, 빗속의 나타리 우드를 기억한다. 하얀 원피스를 입은 나타리 우드가 연인에게 상처받아 폭우 속으로 뛰쳐나가던 장면이 그림엽서처럼 각인되어 있다.

대학 시절에 본 고전 명화는 TV에서 몇 번씩 볼 기회가 많았는데, 이상하게도 이 영화는 한 번도 다시 볼 수가 없었다.

하루 종일 내리는 비 때문일까.

눈이 매력적으로 빛나던 꿈꾸는 처녀 나타리 우드가 생각난다. 그리고 테네시 윌리암즈가 희곡에서 그리고 싶던 앨바도 그려본다.

비가 온종일 내리는 날의 우수雨愁란 그런 것인가.

엄마, 이 비가 끝나면 가을이 더 가까이 성큼 다가오겠지요.

비에 젖은 단풍잎

# 일상의 순간, 순간

여름과 가을의 공존에서 가을로 치닫는 세월.

그래도 한낮은 지나가는 여름을 품는다.

해마다 펼쳐지는 가을의 축제를 새삼 기대하는 아침잠 속에서 여전히 나는 엄마를 그리워하며 가는 세월을 음미한다.

"엄마, 가을이 오고 있어요."

일상의 순간, 순간 엄마를 생각한다.

가을 입문인 구월인데도 한낮에는 수은주가 30도를 넘어가는 더위에 에어컨을 켠다. 새삼스러운 것도 아닌데 지구촌의 이변이 낯설다. 특히나 생태계 변화는 바로 내 곁에까지 와 섰다.

그래도 오늘 아침은 제법 썰렁한 기온에 가을 느낌이 난다. 살아 있는 한 어떤 이변에도 당황하지 말라고 엄마가 내 곁에서 미소를 지으신다.

가을이 구월이 이렇게 오는구나.

새삼스레 하늘과 구름에 꽂혀서, 휴대폰으로 창공과 흰구름을 찍어대는 자신의 모습이 생소했는데.

이제야 비로소 알았네.

무서운 폭우, 맹렬한 폭염, 그것은 이 가을을 준비한 오랜 인내의 몸부림이었다는 것을. 하늘이 아무리 높아도 쳐다보지도 않았고, 구름이 현란하게 흘러가도 미처 볼 염두도 여유도 없지 않았던가.

저녁 산책길 바람도 쾌적한 것이 가을을 담고 있다.

지구촌에서 호흡하는 사람, 누구나 받을 수 있는 순수한 선물이다.

다가올 폭염의 여름에 지레 겁먹고 잠수를 꿈꾸기도 하던 나를 너그럽게 받아 준 신에게 감사 드린다.

'자연은 사랑의 생명으로 가득 차 있다.

우리는 어떠한 슬픈 순간에도 쓰러지지 말고

사랑과 생명의 속삭임에 귀를 기울여야 한다.

– 병자년에 바이런의 글을 적다. 풍담 오경순.'


 엄마는 오래전에 이런 글을 붓으로 적어 내 작은 방에
걸어 주셨다.

# 그날은 구월이 가는 마지막 날, 하루 앞이었다

날씨는 기가 막히게 좋았다.

튀르키예 출발을 앞둔 화사한 오후가 열리고 있었다.

얼마 전부터 준비했는지, 캐리어를 작은 방에다 열어놓고 챙기기 시작한 짐이 출발 전날인데도 정리가 안 된다. 비록 오거나이즈organize가 잘 안 되는 시니어지만 나는 오랫동안 소망해 온 여행을 위해 집을 나서기로 결심했다.

40대 초반 해외 파견 교환교수로 시작된 나의 해외여행 편력은 제법 다채롭다. 주로 여름, 겨울 방학을 이용한 힐링여행이었지만, 해외여행을 좋아하신 엄마를 위한 효심도 작용했다.

지금은 해외여행이 자유로워지고 보편화되었다. 그러나 엄마 환갑을 위한 서유럽 여행 20여 일은 꽤 까다로운 절차가 필요했다. 엄마 칠순여행 동반자로 내가 러시아와 북유럽을 여행하던 1990년대만 해도 해외여행이 꽤 귀한 체험이었다. 그 뒤로도 아시아나 오세아니아 대륙 등 해외여행을 엄마와 함께 다녔다.

그것도 엄마가 건강하던 시절이다.


나의 완벽한 팰로어 트래블러fellow traveller 엄마!


엄마가 나만 혼자 두고 하늘나라로 가신 세월도 8년이 가까워진다.

엄마 가신 뒤 날개가 부러진 새 같은 신세가 된 나는 동반자 없는 외톨이로 해외여행 같은 화려한 아이템은 생각도 할 수 없었다.

다행히 직장생활을 하는 여동생의 배려로 목마른 해외여행을 몇 곳 다녀올 수 있었던 것을 다행으로 여겨야 한다.

그리고 세기적 대재앙 코로나가 인류를 저주하며 기세를

떨치는 세월에 맞닥뜨리게 되었다. 여행은커녕 외출도 마음 놓고 할 수 없는 시간이 하루, 이틀, 한해, 두 해, 이제 만 3년을 넘어서는 세월이 되었다.

나는 여전히 해외여행에 대한 꿈과 희망을 가지고 산다.

이번에는 엄마도 동생도 없이 낯선 이웃과 함께 용감하게 집을 떠난다. 여행의 신은 내 편이라고 생각하면서.

밤 깊은 공항은 거대한 우주 정거장 같다.

어둠 속에 여기저기 무심히 앉아있는 비행기는 어디로 가려고 준비 중일까.

오랜 세월 동안 별러왔기에 더 가슴 벅찬 튀르키예 여행을 앞두고 머릿속은 복잡하다. 우선 열 몇 시간씩의 긴 비행시간을 제대로 견뎌낼 수 있을 체력에 대한 불안감이 크다. 잠자리만 바뀌면 고질같이 도지는 습관성 불면증은 어떻게 처리할 것인지. 처음인 낯선 투어프랜즈와 10일간은 또 어떻게 지낼 수 있을 것인지.

내가 살아갈 날은 얼마나 남았을까.

밤늦은 국제공항은 시름 속에 깊어 간다.

기대보다 두려움이 더 큰 이 여행이 성공하기를 제일 먼저 엄마께 부탁드리기로 한다.

# 튀르키예 여행

가을이 자리를 잡기 시작하는 9월 말.

오래 소망해 온 튀르키예 여행길이 열렸다. 여행 패키지 이름은 「두바이를 품은 튀르키예 완벽 일주 10일」이다.

주변 지인들은 튀르키예를 아직 가지 않았냐고 반문하기도 하고. 다녀본 해외 여행지 중 다시 가고 싶은 곳이라기에 여행 파트너를 구하던 중 우연히 이웃에 동반자가 생겼다.

투어 인솔 가이드가 출발 전에 미리 자기 이름과 핸드폰을 카톡으로 보내온 것은 드문 일이다. 여행안내를 순차적으로 전화할 예정이니 궁금한 것을 기억했다가 질문하란다. 시니어인 나로서는 예감이 좋다.

해외여행을 좋아하는 나는 40대부터 시작한 미국과 유럽, 아시아 등의 투어가 없었다면 인생이 쓸쓸했을 것이다.

재미 교환교수 기간 1년을 빼면 거의 십여 일에 걸친 짧은 기간이지만, 나는 지금도 내가 갔던 지구촌의 아기자기한 풍물과 다정한 사람과 그 여정에 얽힌 아름다운 추억을 품고 산다.

젊은 시절엔 23~24시간 비행도 거뜬히 치를 수 있어 걱정하지 않았는데 지금은 열 몇 시간 비행은 부담이 된다. 무엇보다 방콕형 성격은 집을 나서면 발병되는 고질적인 불면이 제일 걱정된다.

나는 동화 속 흰머리 소녀로 자처하면서 온 힘을 다해 이번 여행에 전력을 다하기로 결심했다.


2022년 9월 29일 저녁 8시 인천 국제공항에 집결했다. 밤 11시 55분 에미레이트 항공에 탑승하여 9시간 30분을 비행하여 두바이에 닿았다. 처음 타보는 에미레이트 항공은 우선 승무원의 멋있는 제복과 탤런트 같은 용모가 눈에 들어왔다. 비행기 식사나 서비스도 국적기 못지않았다.

새벽에 도착한 두바이는 현지 가이드 미팅서부터 내겐 신세계였다.

21세기 바벨탑이란 세계 최고층 828m '버즈 칼리파'를 보며 우리나라 롯데타워를 생각했다. 돛단배 모양의 7성급 호텔 '버즈 알아랍'도 조망했다. 한낮의 두바이 몰에는 담소하는 아랍 청춘들의 모습이 자유로워 보였다.

　저녁 6시 두바이에서 다시 비행기를 타고 4시간 30분을 비행하여, 밤 9시가 훨씬 넘어 이스탄불 아타튀르크 국제공항에 도착했다.
　아, 드디어 내 인생의 숙제였던 튀르키예에 도착했구나!
　공항에서 가이드를 만나 숙소로 이동했다.
　계절의 황금기인 시월을 튀르키예 이스탄불에서 시작하는 나는 축복받은 여행자다.
　해외여행을 다니기 시작하면서부터 동서양의 문화 가교인 튀르키예 관광은 베이직이라고 생각하면서도 왜 이제야 오게 되었을까.

　이스탄불의 성 소피아 성당은 이미 꿈에서 봤던 것 같다. 많은 인파 속에서 한없이 기다려 급조한 보자기를 둘러쓰고 내가 본 것은 무엇일까. 기독교 정교와 이슬람교가 공존하며, 비잔틴 건축의 걸작으로 세계 건축학상 8대 불

성 소피아 성당

가사의로 건재한다.

이스탄불에서는 그랜드 바자르, 오벨리스크, 블루 모스크를 더 관광할 수 있었다.

그곳에서 5시간을 이동하여 전통 마을인 베이파자르 관광을 하고 다시 40분을 소요하여 아야쉬로 이동하여 그날 관광은 끝이 났다.

다음 날은 아야쉬 호텔에서 조식 후 4시간을 이동하여, 세계문화유산 기암괴석의 파노라마가 펼쳐진 카파도키아로 갔다. 괴레메 야외골짜기, 파샤바 계곡, 우치히사르, 데란쿠유라 등 카파도키아 관광은 참 희한한 풍토의 풍광을 가진 곳이다.

밤에는 튀르키예 전통 민속춤공연을 구경했다. 각종 민속 공연과 더불어 전통춤인 밸리 댄스를 관람했다. 여정이 슬슬 중간쯤으로 치달으면서 우리는 여행의 피로와 낭만으로 맥주잔을 부딪치면서 브라보를 했다.

각국 관광객이 무대 주역으로 등장하는 실시간 쇼도 볼 만 했다. 우리는 내일 여정을 위해 채 끝나지 않은 공연장을 빠져나왔다.

엄마, 튀르키예 여행 재밌나요?
엄마랑 진즉에 갈 수 있었는데….

성 소피아 성당에서

# 4

## 어머니 8주기

엄마, 기쁘시죠. 8주기씩이나 되니 많이 달라졌지요!

다시 은행잎은 깔리는데…(어머니 8주기 무렵)

# 튀르키예, 아메리카노

　커피는 6~7세기경 에티오피아 칼디라는 목동에 의해 처음 발견되었다고 알려져 있다.

　염소들이 빨간 열매를 따 먹고 흥분하여 뛰어다니는 광경을 목격한 칼디는 자신도 이 열매를 먹어보게 되었다. 그 결과 머리가 맑아지고 기분이 상쾌해지는 느낌을 받았다. 그는 이 사실을 이슬람 사원의 수도승에게 알렸다. 기분이 좋아지고 졸음을 방지해 주는 등 수양에 도움이 되는 이 신비의 열매는 여러 사원으로 퍼져 나갔다. 9세기 무렵에는 아라비아반도로 전해져 처음 재배되었으며, 나중에는 이집트, 시리아, 튀르키예에 전해졌다. 17세기 말에는 네덜란드를 시작으로 유럽으로 전파되었다. 한국에서는 1896년 러시아 공사관에 머물던 고종황제가 처음 커피를 마셨다고 전해진다.*

　지금 한국은 커피 공화국이라는 별명이 붙을 정도로 커피 소비량이 세계적이다. 길거리를 지나다 보면 커피를 손에 들고 다니는 청년들을 쉽게 볼 수 있다. 그리고 가장 쉽게 눈에 띄는 곳이 커피집이다. 어느 기자가 분석한 것으로 연간 커피 소비량이 세계 2위로 161잔인 세계평균의 두 배 이상이란다. 한국 사람들이 언제부터 이렇게 커피를 좋아하게 되었을까.

　나 역시 하루에 커피 한잔으로 매일의 기분을 전환한다. 불면증이 심한 탓에 늦은 시간에는 커피를 마시지 않는다. 일과 중에는 커피를 마시면서 커피하우스에서 가까운 친구와 대화를 나누는 재미가 일상에 빼놓을 수 없는 호사다. 나는 커피를 마시면서 종종 '악마의 유혹'이라는 농담을 한다. 얼굴과 성격이 같을 수 없듯이 기호품에 대한 성향도 다르다. 전혀 커피를 마시지 않는 사람도 있다. 그런 경우가 친한 지인이라면 좀 아쉽다. 그러나 그런 내심을 감추려고 노력한다. 살아 온 연륜에 비해 그런 식의 감정조절 연출은 미숙하지만.

게릴라 투어에 지쳐 나가떨어져 버린 하루, 이틀, 사흘, 나흘, 닷새째가 되는 날이다.

　'해피한 투어 프랜드'를 구하기보단 무조건 급조하여 따라나선 가을 여행이다. 지구촌의 에뜨랑제가 되고 싶어 나선 대망의 튀르키예 여행이다. 우리의 잠재된 로망은 여행하듯 사는 것인데, 팍팍한 일상을 다채롭게 할 수 있기 때문이다.

　가이드는 여행은 왕 고생이란다. 집 나서면 고생 아니더냐고.

　열 시간이 넘는 비행기의 이코노미석도 감사하며 하는 여행이다. 커피는커녕 물 한 모금 마실 여유조차 없다. 여행의 반이 꺾이는 날 오후다. 잠깐 화장실 다녀오라고 세워 준 휴게소 간이 커피 기계에서 내린 아메리카노 한잔을 마신다.

　"엄마, 튀르키예 커피가 한국 커피보다 맛이 더 나은 거 같아요!"

　* 네이버 지식백과

# 튀르키예 여행 2

튀르키예 여행을 다녀온 후배가 열기구를 탔더니 머릿속이 리셋reset 된다고 했다. 그곳 여행을 소망하는 사람에게 얼마나 환상적인 멘트인가. 뒤엉킨 생각의 소용돌이 속에서 힐링을 꿈꾸는 사람에게 이 이상 위안을 바랄 수는 없다. 복잡다단한 인간관계 속에서 자유로울 수 있는 사람이 얼마나 될까.

카파도키아의 캄캄한 새벽을 열고 열기구를 타기 위해 우리 여행팀은 가이드 안내를 받으며 광야로 향했다. 기후가 좋지 않아 포기해야 하는 경우도 많다.

튀르키예 관광 최고 하이라이트는 카파도키아 열기구 투어다.

카파도키아 열기구 체험장

몇만 년 전 만들어진 아름다운 계곡과 자연 경관을 공중에서 볼 수 있다. 소박한 경비행기 같은 큰 풍선 밑에 달린 바구니에 십여 명이 함께 타고 공중으로 서서히 떠오른다. 어둠을 뚫고 붉게 떠오르는 태양과 함께.

여행객이 탄 수십여 개의 열기구가 여명과 함께 공중으로 떠오르는 광경은 아름답다. 그리고 쉽게 볼 수 없는 진기한 풍경이다. 이곳이 전 세계 열기구 투어 포인트 중에서 가장 아름다운 곳이다.

내 머릿속도 후배처럼 리셋되길 바랬는데 그건 아니었다. 그래서 세상은 다채롭고 사람도 다양한가 보다.

그곳에서 버스를 타고 실크로드 상인들이 묵어가던 오브룩한을 거쳐 셀주크 시대의 수도, 종교도시 콘야를 경유했다. 다시 5시간의 버스 이동으로 도착한 곳은 신들의 휴양지라는 안탈리아였다.

안탈리아는 이스탄불에서 남쪽으로 479km 떨어져 있고 공항이 있다. 그곳은 여러 제국이 점령하면서 다양한 유적들이 풍부하게 남아있다. 고대 헬레니즘과 비잔틴 유적, 로마 시대 유적인 하드리아누스의 문, 셀주크 왕조의 이슬람사원, 오스만 제국의 건축물이 남아있다. 칼레이치 구시가지가 유명하고 흐드르륵 요새도 안탈리아 역사를 잘 보여주는 장소다.

다음 날은 호텔 조식 후 4시간 동안 버스를 타고 목화의 성이라는 파묵칼레로 이동했다. 먼저 고대의 거대한 원형극장이 남아있는 유적지인 히에라폴리스를 관광했다. 이곳은 기원전 190년에 시작된 도시 유적이다. 그리고 새하얀 눈이 덮힌 것처럼 아름다운 노천온천에서는 따뜻한 온천물에 발을 담그는 휴식 시간을 가졌다.

다음 날은 호텔 조식 후 3시간 버스를 타고 도착한 곳이 소아시아의 중심, 고대도시 에페소였다. 에페소는 로마 시대 문명 중심지로 예술과 과학을 꽃피웠던 곳이다. 에페소 유적에서 가장 인상적이고 아름다운 건축물은 셀수스 도서관이다. 하드리아누스 황제에게 바쳐진 하드리아누스 신전도 있다. 헬레니즘 시대에 지어졌다고 전해지며 약 2만 5

천 명의 인원을 수용할 수 있었던 원형대극장도 관광했다. 에페소 관광을 끝낸 뒤, 버스를 타고 2시간 40분을 이동하여 마니사에 도착하여 호텔에 투숙했다.

다음 날은 마니사 호텔에서 조식 후 오스만 제국의 수도였던 부르사로 이동하는데 3시간 10분이 소요되었다. 부르사 시내를 한눈에 볼 수 있는 톱하네 공원 및 전망대와 옛 술탄들의 영묘 및 울루자미 이슬람사원을 관광했다. 그날의 중식은 이스켄데르 케밥이었다.

이스탄불

다시 3시간을 이동하여 튀르키예의 영원한 수도 이스탄불에 도착했다.

우리 여행팀은 함께 이스탄불 야경 투어에 나섰다. 장난감 전차 같은 미니 트램을 잠깐 타고 내리니 다운 타운이 되었다. 서울 강남역 부근 같은 거리를 걸어가는 재미가 쏠쏠했다. 그곳 현지 청소년들이 한국 방탄소년을 들먹이는 통에 한류를 실감했다.

다음 날은 여행 막바지다.

다리 하나로 동양과 서양이 갈라지는 마력적인 도시 이스탄불 명소를 구경한 뒤, 보스포러스 해협의 크루즈에 탑승했다. 이스탄불을 관통하는 바닷물은 흑해에서 보스포러스 해협을 지나 마르마라해로 흘러든다. 보스포러스 해협의 길이는 30km, 폭은 가장 좁은 곳이 약 700m이다.

이번 여행의 가장 중요한 목표 중 하나였던 보스포러스 해협 관광은 내 인생의 또 다른 포스트 카드가 될 것이다. 바다라면 무조건 좋아하는 나다. 유럽과 아시아 대륙을 가로지르는 보스포러스 해협을 통과하기 위해 크고 작은 배들이 대기하고 있는 모습은 무척 신기했다.

그날 중식은 튀르키예에서 먹는 마지막 케밥으로 되네르

이스탄불에서

케밥이었다.

　이제 귀국을 준비해야 할 시간, 우리는 2시간 거리의 이스탄불 국제공항으로 이동했다. 이스탄불에서 두바이로 향하는 에미레이트항공에 탑승하여 오후 7시 25분 튀르키예를 떠나왔다. 그리고 4시간 30분을 소요하여 두바이에 도착했다. 두바이에서 다른 에미레이트 항공기를 타고 8시간 20분을 날아 인천공항에 도착했다. 이미 시월이 시작되고도 일주일이 더 지난 오후 5시경이었다.

　튀르키예와 한국은 6시간 시차라는데, 나는 시간도 공간도 다른 그곳에서 유영하느라 엄마도 잊고 살았나 보다.


　엄마, 별일 없이 무사하게 귀국했어요.

　기쁘시죠!

튀르키예 여행스케치

# 눈물

눈물의 의미는 다양하다.

육십여 년을 함께 한 엄마가 하늘나라로 떠나실 때 내가 태어난 후 가장 많이 울었다. 이 세상에서 엄마만큼 나를 사랑해 줄 사람은 이전에도 이후에도 없을 것을 나는 잘 안다. 엄마의 부재란 사실은 있을 수 없는 일인데도 어느 날 아무런 예고도 없이 엄마는 훌쩍 떠나셨다. 엄마를 고향 산에 묻고 귀경하는 승용차 속에서 얼마나 울었는지 모른다.

평생 건강하셔 내 곁을 끝까지 지켜주실 것이라고 믿었던 엄마다.

20대 후반에 시작한 박사 학위 취득을 향한 고달픈 길

어머니 8주기  173

에서, 나는 걸핏하면 엄마께 아이같이 칭얼대면서 많이 울었다. 그럴 때 엄마는 "엄마가 죽었어, 울긴 왜 울어!" 하며 곱게 나무라시곤 격려와 응원을 아낌없이 주셨다.

그런 엄마가 나만 혼자 이 세상에 남겨놓고 홀연히 하늘나라로 가신 거다. 어디에 그렇게 많은 눈물이 숨어 있었는지. 울고 또 울고 마치 봇물 터진 둑처럼 끝도 없이 걸핏하면 울고 다녔다.

눈물이 꼭 슬플 때만 흐르는 것은 아니다.

주경야독의 고학생 같은 십여 년 세월이 끝이 나던 날이다. 박사학위논문 통과가 결정되어 귀가하려고 서둘러서 택시를 탔다. 나는 여자의 자아정체성이 무엇인지, 자기실현이 무엇인지 진즉에 엄마로부터 배워 왔다. 비로소 박사라는 관을 쓰게 되는 그 시점에서 나는 남부끄러운 줄도 모르고 택시 속에서 엉엉 울었다.

왜 좀 더 쉽고 편안한 길을 두고, 멀리 우회로를 돌아 힘든 길을 선택했는지 자문했다. 그리고 대학원에 입학해서 처음 공부한 매스로우란 미국 심리학자를 생각했다. 그는 자아실현을 하는 사람만이 체험하는 희열의 극 경험peak expearence을 역설했다.

아, 눈물이란 기쁠 때도 흘릴 수 있는 거구나!

세월이 많이 흘렀다.

어느새 나는 중견 직업인이 되었다. 우리 세대가 다 그랬듯이 일만이 내 인생의 전부인 듯 살아왔다. 그리고 다시 세월은 나를 실감 나지 않은 은퇴의 시점으로 데려다주었다. 이제는 눈이 흐릿해지고, 눈 밑에 처진 주름살과 흰 머리칼이 자랑도 아닌데 완연해지는 세월까지 왔다.

나는 여기서 어느 여행사의 튀르키예 패키지여행에 따라나섰다. 어렵사리 떠난 이 여행 일정 중, '지중해 최대의 휴양지이자 고대 문화 유산이 가득한 관광 도시' 안탈리아에 도착했다. 안탈리아 앞바다 지중해에서 전세 낸 유람선을 타고 떠오르는 해를 볼 수 있는 행운은 쉬운 게 아니다.

누구일까. 이 망망대해에 처음으로 배를 띄운 사람은.

내가 살던 동네에서 비행기로 십여 시간도 더 날아 온 시월의 어느 날.

지중해라는 실감 나지 않는 먼 나라 바다 위에 내가 있다는 사실이 신기했다.

가이드가 마련한 선상 파티는 기대 이상이었다. 해안으로 멀리 보이는 이국적인 시가지의 모습과 함께 레드 와인을 조금씩 마시면서 「장미빛 인생」을 음미했다. 게다가 한국의 바리톤 가수가 「시월의 어느 멋진 날」을 부르며 달콤한 연정을 파도에 실어 오는데, 내 어찌 눈물을 흘리지 않을 수 있으리오.

여행이란 가슴 떨릴 때 해야지 다리 떨릴 때 할 것이 아니라 한다. 아니, 다리 떨리는 세월에도 충분히 가슴이 떨릴 수 있다는 것을 나는 알았다.

엄마! 앞으로는 기쁨과 감동의 눈물만 흘리면서 살고 싶어요.

# 어머니가 보고 싶다 3

하늘은 깨끗하고 대기는 늦가을을 만끽하며 축제를 여
는데
엄마는 내 곁에 없다

엄마, 어떻게 지내셔요

좋으면 좋은대로
외로우면 외로운대로
슬프면 슬픈대로
엄마가 너무 보고 싶다
투명한 세월의 굴레 속에서…

## 나는 엄마에의 그리움으로 옹어리진 여자

낙엽이 페이브먼트 위에 쌓이는 이 계절에
엄마는 하늘나라로 돌아올 수 없는 먼 길을 떠나셨다

그동안 더 많이 늙으셨나요
환하고 포근한 미소는 여전하시고 흰머리는 좀 더 많아
지셨죠
희끗희끗한 헤어스타일은
노련한 서예가 품위를 돋보이게 할 거예요

엄마 딸은 지상에서 매일매일 그리워했으니
그리움의 무게가 더 무거워졌어요
엄마는 제가 안 보고 싶었나요

평생 자기 분신같이 아끼시던 딸에게
'사랑한다·보고싶다'는 말씀 한번 하지 않으시던 속 깊
은 모정

엄마, 제가 가면 선뜻 엄마 만날 수 있나요

지상의 만추 속에서 엄마를 많이, 많이 그리워합니다!

# 어머니 8주기

엄마 산소 곁의 보라색 들꽃이 올해도 피었다.

이 세상 떠나신 뒤 8년이란 세월이 흘렀는데 뭐가 달라졌나.

서울 가족들과 함께 아침 일찍 시외버스를 타고 3시간 30여 분을 달

어머니 산소 곁 야생화

려 고향에 도착한 것은 정오가 가까워진 시간이다. 해마다 우리 가족사 중에 가장 중요한 행사인 이날을 위한 준비는

대단하다.

올해는 서울 조카부부가 참석할 수 없어, 처음으로 승용차 이동이 불가능했다. 비록 돌아가신 엄마를 추도하는 제사를 위한 것이지만 모처럼의 늦가을 가족여행이다. 승용차 이동 때는 휴게소에 내려 따끈한 커피를 마시는 여유도 즐길 수 있지만, 올해는 대중 버스 이동이라 그런 에피소드는 없다. 그래도 장거리 운전을 해야 하는 제부나 조카에 대한 불안과 긴장이 없어 좋다.

1박 2일의 빠듯한 여정은 출근을 위한 여동생을 위한 배려다. 우선 엄마 산소부터 들러 그동안의 소식도 전해드리고, 뵙지 못한 아쉬움을 달래기 위해 산소 주변을 살펴본다. 여느 해는 밤나무에서 땅에 떨어진 밤이 탐스러워 한 주먹씩이나 주워 온 적도 있는데 올해는 그런 횡재는 없다.

성묘를 마친 뒤, 서울 가족은 그동안 달라진 고향 나들이에 나선다. 서부 경남의 관광지로 유명한 진양호 늦가을은 유난히 아름답다. 만추를 만끽하게 만드는 노란 은행잎이 깔린 나무 층계를 올라가니, 고향 명사를 기린 시립도서관이 멋있게 우리를 맞이한다.

도서관에서 바라보는 호수 풍광은 외국 유명 관광지 못지않다. 늦가을 한낮의 호수는 은빛으로 보석같이 반짝이고 호수를 둘러싼 산과 섬의 모습은 동양화를 연상시킨다. 금상첨화란 말이 있지 않은가. 인공지능이 인간 능력을 위협하는 21세기라지만 호수 위를 장식하는 푸른 하늘과 하얀 구름의 아름다움은 인간 능력이 미칠 수 없는 부분이다.

내 유년기와 사춘기의 꿈과 희망, 그리고 젊은 날의 로맨틱한 에피소드가 그대로 묻혀있는 이곳. 내 가족들의 아기자기한 추억을 얼마든지 끌어낼 수 있는 이곳. 나는 비로소 고향에 왔고, 그리고 엄마를 만났다.

서울서 귀향한 가족들은 짧은 시간을 이용해서 고향 친구를 만나 회포를 푸는 여유도 가진다. 나 역시 오랜만에 직장동료를 만나 학교 앞 찻집에서 차를 마셨다. 그리고 그동안의 적조함을 메우는 화사한 대화로 시간을 보냈다.

진양호 야경이 아름다운 큰 남동생 집은 올해도 크게 달라진 건 없다. 큰올케와 작은올케, 그리고 그들의 며느리까지 합세하여 차려진 제사상은 조상들을 기쁘게 하고도 남을 것이다. 우선은 그들의 마음이 전해질 것이므로.

해마다 달라지는 것은 동생들 손주의 성장이다.

1주기엔 태어나지도 않았던 손녀가 이제 곧 초등학생이
될 참이다.


엄마, 기쁘시죠.

8주기씩이나 되니 많이 달라졌지요!

어머니 8주기 제사

# 어머니 8주기를 지나면서

엄마 8주기를 위해 귀향했던 서울 가족들은 아침부터 귀경을 서두른다.

다음 날은 생업을 위한 생활인으로 돌아가야 하기에 오랜만에 만난 형제자매간 대화는 더 이상 계속될 수가 없다. 다음 만남은 엄마 9주기가 될까. 바쁜 일상으로 이어지는 매일의 과제는 쉽게 다음 만남을 기대하기가 어렵다.

어릴 때는 한 울타리 안에서 한솥밥을 먹으면서 함께 놀기도 하고 서로 싸우기도 하면서 살았는데. 물론 그때는 부모님도 다 생존해 계셨다. 내가 살아있는 동안 그런 세월은 다시 오지 않을 것이다.

헤어짐이 아쉬운 우리 가족은 시가지에 있는 찻집에서

아침 커피 타임을 가졌다. 출발 버스 시간을 가늠하면서 주로 소확행에 관한 이야기를 했다.

　매번 귀경하는 승용차 길은 교통체증 때문에 고속도로 위에서 힘든 시간을 치르곤 했는데. 고속버스 전용차로 덕분에 3시간 30여 분이란 정례적인 시간으로 귀가를 서두를 수 있었다.

　여유 있는 귀경길 탓일까. 엄마 산소에 곱게 핀 야생화 탓일까. 이제야 비로소 가슴에 엉켰던 눈물이 실타래처럼 풀리면서 눈물이 난다.

　시도 때도 없이 이렇게 엄마가 그립다는 게 스스로가 생각해도 이상하다.

　해가 뜨고 노을이 익고 땅거미가 내려 까만 밤이 오고.

　초승달인가 하면 언제 금시 보름달이 되고, 비가 내리더니 어느새 눈이 되고.

　한해, 두해….

　어느덧 8년도 지나.

　왜 엄마에 대한 그리움은 빛이 바래지도 않고 선명하게 되살아나는 걸까.

# 시인협회 행사 끝내고 귀가하는 길

나는 책을 좋아한다.

내가 초등학교 다니던 시절에는 읽을거리가 빈약했다. 개학식에서 한 보따리 받아 든 책 꾸러미는 얼마나 매력적이었는지. 비록 정부 검인증이 된 과목별 교재들이 전부였지만. 귀가하자마자 마루에 앉아 읽기 시작했던 교과서는 소설 못지않아 깡그리 다 읽어치웠던 기억이 새롭다.

화려한 키즈 산업의 눈부신 성장으로 호화로운 독서물을 쉽게 접하는 요즘의 아동과는 비교가 될 수 없다.

나의 독서열은 사춘기가 되면서 제대로 자리를 잡기 시작했다. 다독형인 나는 손에 잡히는 책은 무조건 읽어야 했다. 방과 후에는 집에 틀어박혀 책을 읽는 시간이 많았다. 책 읽기에 틀이 잡히면서 목표를 세워 읽는 정독형으로 바뀌었다.

처음에는 한국 문학전집이나 세계 문학전집 섭렵이 목표가 되었다. 밤을 하얗게 밝혀가며 문학 서적을 읽어 나갔다. 내 인생에 있어 그 시절의 독서에 대한 열정을 다시는 찾을 수 없다. 책 속 주인공에 자기를 투사한 일상은 꼭 소설 속에 사는 것 같은 착각이 들 정도였으니까.

'아, 작가가 되어야겠구나.'

사춘기 독서열은 자연스럽게 글쟁이로서 소망을 갖게 되었다.

어릴 적부터의 마음속 깊은 열망은 오래 도사린 채 현실과는 유리되어 세월이 흘렀다. 생활은 생활이고 꿈은 꿈인 채로.

드디어 리타이어retire란 세월은 내게도 평생의 꿈을 끌어 내는 계기를 마련해 주었다. 게다가 지방에서 오랜 직장생활을 끝내고 인in 서울 한 것도 기회가 되었다. 숨어서 골방에서 쓰던 글을 비로소 햇빛 속에서 읽어보게 된 것이다.

몇 편의 글을 소재로 나는 수필가로 등단했다. 그리고 수필동호인 모임으로 은퇴자 생활에 정체성을 추구하고 있다. 학생을 위한 교재가 아닌 문학 작품집을 구상하면서 시간을 보내고 있다. 두 권의 수필집을 냈다.

교수 친구의 적극적인 권유로 내 인생 기념비 같은 출판 기념회라는 걸 처음 하기도 했다. 늦가을 서울 도심 한 갤러리에서 열린 내 처녀작 출판기념회는 아름다운 추억으로 자리매김하고 있다.

내게는 또 다른 친구인 시인이 있다. 중학교 동창인 그녀는 여고 시절부터 시를 쓰며 문학 활동을 했다. 이제는 서울 장안에서 시집을 몇 권씩이나 펴낸 중견 시인이다. 여러 문학단체에서 활발하게 활동하고 있는 그녀 권유로 나는 시인으로 등단했다.

글을 쓰고 싶다는 오랜 욕망은 수필에서 시로 지평을 넓히게 되었다.

그동안 작고 큰 수필 문학 행사에는 더러 참가했지만 시인단체 행사는 낯설다.

한 해가 끝나가는 12월 하순.

젊은이로 북적거리는 홍대입구역에서 친구랑 만나 행사장으로 간다. 처음 보는 시인들의 모습을 보면서 '독자보다 작가가 많은 시대'라는 이야기를 떠올린다. 낯선 행사 임원의 진행으로 이어지는 식을 지켜보며, 나에게는 어렵기만

한 시를 쓰는 사람들이 많기도 하다고 생각한다.


　시협 행사를 끝내고 귀가하는 길.

　영하 14도의 칼바람을 맞으며 지하철 입구를 찾아 들어
서는데 뼈저린 고독감이 가슴을 할퀸다.

　다시 한 해가 가려고 웅크리고 앉아 있다.

　살아 있다는 거, 그 이상의 축복이 없을 터인데.

　왜 이렇게 쓸쓸할까?

　이것도 실존의 몸부림이라고 관대하기엔 내 영육이 너무
비어있다.


　엄마, 또 한 해가 갑니다.

세모

# 왕산해수욕장

을왕리 바다에 가고 싶었다.

우리의 멘토 김형석 연세대 명예교수 집필실이 그곳에 있다는 말을 들은 적도 있고.

나의 을왕리행 소망은 잘 이루어지지 않았다.

자동차도 없는 데다 동반할 친구도 쉽게 찾아지질 않았다. 요즘은 솔선수범 혼자 다니는 사람도 많은 것 같은데 나는 그렇지 못하다. 벙어리 냉가슴 앓듯이 '을왕리 바다에 가고 싶은데, 갈 수가 없네…' 그게 전부였다.

그러던 어느 날, 뜻밖에 을왕리행 소망이 이루어지게 되었다.

많이 기대하면 실망하게 된다고 했던가. 무척 소망했던 일을 성취했을 때 우리는 이미 성취에서 오는 기쁨을 향유할 능력을 잃고 있다고도 한다.

을왕리는 평범한 작은 바다였다. 내가 포커스focus를 맞춘 그 교수님 집필실도 보이지 않았다. 상상한 집필실은 바다가 아늑히 내다보이는 아담하고 정겨운 곳으로 기대했다.

실망하여 행선지를 바꿔서 이동한 곳이 왕산해수욕장이었다.

대한민국 방방곡곡 중 내가 알고 있는 곳은 많지 않다. 내 머릿속에 아예 왕산해수욕장은 존재하지 않았다.

내가 오래 소망해 온 을왕리 바다보다 해변은 더 규모가 컸다.

철 지난 바닷가엔 우리가 방문객 전부인 듯 바다새가 모래사장 넓게 포진을 하고 있었다. 생전 처음 보는 신기한 장면이다. 흐린 하늘과 수평선과 바다는 회색의 수채화가 되어 내 마음을 회색 늪지대로 끌고 갔다. 텅빈 해변가를 「해변의 길손」이 되어 무작정 걸었다.

이내 비가 쏟아지기 시작하여 주변에 있는 찻집으로 들

어갔다. 수평선을 통째로 들여놓은 바다를 향한 찻집에서 커피를 마셨다. 어느덧 빗줄기가 굵어지더니 소나기가 찻집 창을 두드리기 시작했다. 비 오는 바다를 보는 것도 내가 좋아하는 일 중의 하나인데 뜻밖의 횡재를 한 셈이다.

바다를 보고 있으면 항상 바닷속으로 빠져 들어가고 싶은 은밀한 욕구를 느낀다. 그게 뭔지 모른다. 정신과 의사는 필히 건강하지 못한 자살 욕구 정도로 진단하지 않을까.

나는 그날 비 오는 바다가 좋아 많은 휴대폰 사진을 찍었다.

바다의 표정, 바다새 유영, 해변에 앉아 움직일 줄 모르던 바다새 무리….


얼마 전 보이스피싱을 당해 휴대폰을 초기화하는 불행을 겪었다. 그중에 왕산해수욕장의 아름다운 추억 사진도 깡그리 사라져 버렸다.

대학 시절부터 사진반에 들어가 사진찍기를 좋아하던 나다. 휴대폰에 수년간 저장되어 있던 사진갤러리 사진이 모두 날라가 버렸다. 친구들이 사진전을 열어야 한다고 격려도 해 주곤 했는데.

엄마가 살아계셨다면 빙그레 웃으시며 말씀하실 것이다.

"바보 같으니라고, 그래도 용기를 잃지 말아야지!"

비 오는 왕산해수욕장 바다새를 그리워하며

# 죽음에 대하여

퀴블러 로스*는 1926년 7월 8일 스위스 취리히에서 태어났다. 성장하여 취리히 의과대학에 들어가 정신과를 공부한 그녀는 미국 의사와 결혼하여 뉴욕으로 이주한다. 그이후 1985년까지 미국 버지니아대학교 정신과 임상교수, Elisabeth Kűbler Rose 센터장을 하는 등 뉴욕, 시카고 등지의 병원에서 죽음을 앞둔 환자의 정신과 진료와 상담을 맡았다. 그리고 세계 최초로 호스피스 운동을 의료계에 불러일으켰다.

그녀는 죽음에 이른 환자의 전형적인 반응과 심경 변화를 5단계로 밝혀냈다. 거부, 분노, 타협, 우울, 수용이 그것이다. 처음에는 분노하고 절망하나 나중에는 운명이나 신과 같은 존재에 타협하여 평온해진다는 것이다.

그녀도 말년에 온몸이 마비되며 죽음에 직면하는 경험을 하였다. 70세가 되던 해에 쓴 자서전 『생의 수레바퀴』에서는 자기 연구의 핵심은 삶의 의미를 밝히는 일이라고 했다. 그녀는 죽음에 관한 최초의 학문적 정리를 했다. 『인생수업』이란 마지막 저서를 남기고 2004년 8월 24일 눈을 감았다.

죽음이 두렵지 않은 사람이 있을까.

생자필멸生者必滅이란 말이 괜히 있는 것은 아니니까.

내가 죽음에 대해 처음 느꼈던 공포는 초등학교 저학년 때쯤이다. 어느 날 밤 선잠에서 문득 깨어, 죽어서 땅에 묻히면 숨도 못 쉬고 갑갑해서 어쩔까 걱정했던 기억이 선명하다. 그 이후 사춘기와 성년기를 지나오며 죽음은 내 인생의 기본적인 화두였다.

여대 기숙사의 잔디밭에서 친한 친구에게 죽음에 관한 내심을 이야기하다 핀잔을 받기도 했다. '새파랗게 젊은 애가 벌써 무슨 죽음 운운이야!'

세월이 많이 흘러 이제 주변 지인 간에도 죽음이 화제가 되는 적이 많다. 자유로운 친구 모임이나, 동창회, 가족 모임, 친족 모임에서도 시니어가 있는 모임에서는 죽음에 관하여 자연스럽게 이야기를 한다. 식물인간이 된 채로 가족들을 괴롭히며 살고 싶은 사람은 없을 것이다. 그리고 안락사 문제도 생각하게 된다.

가장 중요한 것은 내 눈앞에 닥친 죽음이란 현실을 피부에 닿게 절감하지 못하는 것이다.

내일 아침 눈을 뜨면, 이제껏 그래왔듯이 새로운 날이 당연히 열릴 것이라고 생각한다.

필연적으로 그렇지 않은 날이 올 것인데도….

엄마, 죽음이 뭐예요?

* 홈페이지: www.Elisabeth Kűbler Rose.com

아침에

# 알파 세대

2010년부터 2024년 사이에 출생한 세대를 알파 세대*라 한다.

이 세대는 40대에 접어든 밀레니얼 세대 자녀들로 현재 갓난아기부터 초등학생까지 해당한다.

스마트폰이 대중화된 이후 태어났다. 말을 배우기 시작할 무렵에는 인공지능 스피커와 대화하며 가상현실을 접한 '디지털 온리' 세대다. 이전과는 전혀 다른 방식으로 사고하기에 시작을 뜻하는 '알파'로 지칭되는 신인류로서 MZ세대 뒤를 잇게 된다.

2020년 이후에는 코로나19 팬데믹으로 교육환경까지 온

라인으로 빠르게 옮겨가면서 알파 세대의 디지털 기기와 친밀도는 더욱 높아지고 있다.

2025년에는 알파 세대가 전 세계적으로 약 22억 명에 이를 전망이다. 대한민국은 저출산 문제로 알파 세대 중 가장 많은 인구를 가진 2015년생이 43.8만 명 수준이다.

어린 나이에 팬데믹으로 일상의 상실을 경험한 세대이기에 위험으로부터 보호받으려는 욕구 또한 강하다. 기성세대에게는 낯선, 급변하는 환경을 그대로 흡수하고 있는 신인류인 알파 세대가 이끌어 갈 세상이 머지않았다.

내가 '세대generation' 개념 때문에 처음 당황한 것은 대학에 재직하고 있을 때였다. 재학 중에 군 복무로 휴학했다가 복학한 학부 3학년 남학생과 대화에서였다. 일상적인 대화 중 그 학생이 나를 보고

"교수님은 쉬인 세대이세요."

"쉰세대라고?"

나는 그 학생 말을 선뜻 이해하지 못했다.

선량하고 착실해서 복학생 중에서도 마음이 가는 제자였기 때문이다. 내 나이가 50대라는 뜻이 아니고, 자기들과 거리가 있는 기성세대라는 의미를 파악하는 데는 시간이 필요했다.

우리는 10년 세월을 강산이 변한다며 세대 차로 이야기해 왔다. 요즘은 세상이 빠르게 변하니 10년은 너무 긴 세월이라고 단정하기도 한다. 내가 익숙하게 들어 온 세대 지칭 단어는 베이비붐세대, 386세대, X세대, MZ세대 등이다.

알파 세대는 익숙하지 않다.

코로나19가 한창이던 어느 날, 아파트 엘리베이터 속에서 본 꼬마 남자애를 나는 잊지 못한다. 마스크를 깜빡했는지 한 손으로 입을 막은 채 공포와 낭패로 울상이 되어 있었다. 나도 모르게 '아가야, 괜찮단다!'는 말이 튀어나왔다.

엄마, 알파 세대에게 기성인 우리가 해 줄 수 있는 것이 무엇이지 지금이라도 고민해 볼래요!

* 홈페이지 www.gangnam.go.kr

개포성당에서

# 잃어버린 목도리

나는 사소한 것부터 귀중품까지 물건을 잘 잃어버린다.

과거의 일을 잘 잊지 못하는 성격인데도 값비싼 물건이나 금전도 잃어버리면 금방 포기가 되는 것이 이상하다.

친구들과 대화를 하다 보면 에피소드가 많다.

TV 리모컨을 냉장고에 넣고는 무지 찾았다는 정도는 예사롭다. 오죽하면 딸 결혼식에 참석하기 위해 미용실에 간 신부 어머니가 수다 떨다가 결혼식을 놓쳤다는 우스갯소리가 있을까. 주부 건망증이라는 말은 우리의 일상에 이미 자리 잡은 용어다. 산업화 세대와 베이비 붐 세대를 살아 온 한국의 열혈 주부들은 공사다망하여 주부 건망증에 걸리지 않는 게 이상하다.

나이를 먹어가면서 조금씩 달라지는 게 있다. 요즘 친구들의 친목 만남에서 가장 많이 화제가 되는 것이 치매에 관한 문제다. 자녀 양육과 부모 봉양의 샌드위치 시기를 겨우 벗어나나 싶더니만, 어느새 자신의 치매를 걱정하는 나이가 된 것이다. 늦은 나이에도 직장 출근을 하는 남편이 안경을 쓴 채로 안경을 찾더라는 이야기는 특별한 이야기가 아니다. 나 역시 인지기능이 조금씩 쇠퇴해 간다는 것을 느껴야 한다. 인정하고 싶지 않지만.

강남의 다운타운에 있는 개봉관에 모처럼 영화를 보러 갔다. 상영시간이 많이 남아 지하상가를 거닐다가 상가에 진열된 목도리를 하나 샀다. 여동생에게 주고 싶어서다. 가게 주인이 포장해 주는 비닐봉투를 받아 들었다. 본의 아니게 핸드백 외 비닐봉투가 하나 더 생겼다. 요즘은 두 가지 물건을 들면 하나는 잃어버리기가 십상이다.

영화는 「오늘 밤, 세계에서 이 사랑이 사라진다 해도」라는 다소 긴 제목의 일본영화였다. 미키 타카히로 감독이 이치조 미사키 소설을 영화화 한 것이다. 선행성 기억상실증에 걸린 소녀 마오리와 평범한 소년 토루의 슬픈 청춘에 관한 이야기다. 매일 밤 서로 사랑하지만 그 사랑이 사라지는 세계, 그럼에도 불구하고 다음 날 서로를 향한 애틋한 고백을 반복한다. 비록 소설이 바탕이 된 영화지만 좀 슬펐다.

'내일 모든 걸 잊는다 해도 가장 행복한 오늘을 줄게.'

결국 나는 영화 속 대사를 머릿속에서 반복하며 무심하게 늦은 전철을 타고 집으로 돌아왔다.

그날 산 목도리는 극장에 그대로 두고.

다음날도, 그다음 날도 더 급한 일상에 쫓겨 나는 그 목도리를 잃어버린 것으로 포기할 수밖에 없었다.

일주일쯤 지났을까. 가까스로 시간을 내어 새삼 잃어버린 목도리를 찾아 나섰다. 혹시나 하는 미련에서다. 극장 직원이 신분 확인을 하더니만 분실물센터에 보관된 물건을 보여주었다.

어머, 그중에는 내가 잃어버린 목도리가 갈색 비닐에 쌓인 채로 얌전히 나를 기다리고 있는 게 아닌가!

아, 누군가 나의 부족함을 채워준 따뜻한 이웃이 있어 준 것이다.

엄마! 잃어버린 목도리 다시 찾은 거 대견하지요.

다시 찾은 목도리

# 마티스의 이카루스

이카루스Icarus는 그리스 신화에 등장하는 인물로 다이달로스의 아들이다.

아버지가 만든 날개를 달고 크레타섬을 탈출할 때 떨어져 죽었다. 다이달로스는 그리스 신화 속에 나오는 건축가다. 그는 미노스 왕을 위해 미궁을 만들었지만, 후에 왕의 총애를 잃고 탑 속에 갇히게 된다. 섬을 탈출하기로 결심한 그는 자신과 아들을 위해 새의 날개 모양으로 날개를 만든다. 작은 깃털을 모아 실로 엮고 밀랍으로 붙였다.

완성된 날개를 아들에게 달아주며 그는 날기 전 이카루스에게 말한다.

'아들 이카루스야. 하늘을 날 때는 적당한 높이를 유지해야 한단다. 너무 낮게 날면 바다의 습기 때문에 날개가 무거워지고, 너무 높이 날면 태양의 열에 밀랍이 녹아 날개가 부서지고 만단다. 내 뒤만 따라오너라. 그럼 안전히 이곳을 빠져나갈 수 있을 거야.'

다이달로스와 이카루스는 날개를 달고 섬을 탈출하여 육지를 향해 하늘로 날아 올랐다. 얼마 후 이카루스는 하늘을 나는 기분에 들떠 아버지를 따라가는 것을 잊고 하늘로 하늘로 올라갔다. 뜨거운 태양이 날개를 붙인 밀랍을 녹이기 시작해 얼마 후 날개는 산산히 부서져 버린다. 마침내 이카루스는 검푸른 바다에 떨어지고 만다.*

이카루스의 신화는 하늘을 날고 싶어 하는 인간의 갈망을 나타낸 것일까?

나는 이카루스를 통해 항상 어쩔 수 없는 자신의 욕구를 체험한다. 불을 향하면 죽을 줄 모르고 뛰어드는 불나방 같은 슬픈 생리다.


얼마 전에 예술의 전당에서 전시되는 '마티스 전시회'에 갔었다.

고등학교 미술 시간에 배운 지식으론 '야수파 화가' 정도로 알고 있었는데. 「HENRI MATISSE JAZZ and Theater」전시는 마티스의 말년 작품에 주목한 전시다.

그중에 대표작품이 「이카루스」였다.

「이카루스」라는 작품은 하늘은 파란색, 사람은 검은색, 심장은 빨간색, 별무늬는 노란색으로 표현되어 있다. 사람이 하늘에서 떨어지는 듯하면서도 팔은 위로 향해 있다. 노란색으로 빛나는 별무늬와, 검은색과 대비되는 빨간색으로 다시 날 수 있다는 희망이 느껴진다.

그의 노년의 삶은 지병으로 힘들었다. 그러나 수술로 인해 제2의 인생을 살게 되고 컷아웃이라는 새로운 표현기법을 통해서 자신의 예술을 지속해 오고 있다. 마티스 노년의 삶과 「이카루스」 작품이 닮았다는 것을 알 수 있다.

여고 시절 미술 선생님은 일주일에 한 번씩은 미술전람회에 가서 본 작품에 대한 감상문을 적어내는 숙제를 주셨다. 의무적인 그 일이 귀찮을 때도 있었는데, 지금은 숙제가 아니어도 필요한 일로 일상에 자리매김하고 있다.

'마티스의 이카루스전' 감상도 이런 일 중의 하나였다.

내심 '그 유명한 야수파의 마티스란 작가가 아직도 생존하고 있었구나' 싶었는데. 예술 작품감상도 전문적인 식견이 필요하다고 평소에 생각한다.

엄마, '이카루스의 추락'을 통해 자신의 한계를 음미하는 딸이 안쓰럽지 않으셔요? 시대의 저명한 노화가는 차라리 비상하는 모습으로 자신을 표현하고 있네요.

\* google

꼬리연

# 그리움의 뿌리

토마*의 오페라 「미뇽」에 나오는 「그대는 아는가, 저 남쪽 나라를」은 내가 좋아하는 아리아다.

오래전부터 많이 듣는 곡으로 멜로디와 제목이 아름답다. 특히 '저 남쪽 나라'에는 나의 꿈과 그리움이 어려 있다.

내가 고군분투해 온 세월 속에서 현실은 항상 팍팍했다. 꿈이나 이상은 현실과 일정한 거리를 두고 내 곁에서 만만치 않은 얼굴로 도사리고 있었다.

20대 푸른 시절에는 청춘이 무엇인지도 모르고 우울한 회색의 늪 같은 뒤안길을 쏘다니며 지냈던 것 같다. 대학 캠퍼스의 싱싱한 추억과 함께 끝없이 지속될 것 같은 인생을 두고 무던히도 사색과 고민을 되풀이했다. 그러한 절실함이 밤을 밝혀가며 많은 불멸의 문학서적을 탐독하게 했다. 장안에 명화가 개봉될 때는 만사를 제쳐두고 그 감상부터 해야 했다. 그리고 그 무렵 내 생활에서 클래식 음악은 거의 내 동반자였다. 학교 수업 외 시간은 책과 음악과 영화 속에 살았다. 그러나 더 허전해져 오던 마음의 갈증은 막연한 그리움 때문이었다.

대학을 졸업하고 취업을 위해 허리띠를 졸라매고 생활전선에 뛰어들어야 했던 성년기를 거치면서 나는 직업여성이 되었다.

새내기 첫 직장인으로 근무하던 교사 시절이다.

학생들을 향한 열성적인 학교생활 중에도, 교실 창 너머 도시 진입로를 바라보며 먼 곳으로의 그리움에 젖기도 했다. 그러나 그것은 직장생활의 초기에 그치고 말았다.

좋아하는 책이나 영화나 음악보다 내 직업을 위한 투자가 먼저였다. 시중에 무슨 책이 베스트셀러가 되는지도 몰랐다. 장안에 무슨 영화가 화제가 되는지도 몰랐다. 음악은커녕 TV 헤드라인 뉴스를 보는 것에도 급급한 세월이 끝없이 계속되었다.

간혹 일과 후 직장동료 간 회식에서다. 여자 동료가 요즘 인기 있는 드라마를 신나가 얘기하면, '연속극 볼 시간이 있으시냐?' 내심 반문하는 자신이었다. 나는 그 무렵 전문직 여성의 경력을 쌓기 위해 다른 생각은 할 여유가 없었다.

인생이 우리를 위해 기다리는 법은 없다.

은퇴식에서 열심히 성실히 살았다고 자부하는 나는 어떤 인간인가.

일에다가 정체성의 전부를 걸어 온 나는 은퇴와 함께 슬럼프에 빠졌다. 은퇴 후 제2의 인생을 위한 준비를 할 여력이 내게는 없었다.

인생이 나를 위해 어떤 혜택을 준비하고 있는 것은 아니다.

나는 다시 대학 졸업 후 첫 새내기 직장인이 되던 시절로 돌아가 제2의 인생을 위한 자갈밭을 걸어야 했다. 이제는 살아 온 세월에 비해 살아갈 세월이 너무 짧다. 끝없이 인생의 남은 세월을 가늠해야 하는 시간 앞에 서게 된 것이다. 바쁜 생활인으로 살아오면서 꿈이나 그리움보다는 현실에 뿌리를 내리기 위해 투쟁했던 세월도 지나가 버렸다.

**겨울 새벽 보름달**

지금 나는 새삼스럽게 그리움이 무엇인지 생각하고 있다. 그리고 그리움의 근원, 뿌리가 무엇인지도 생각해 보곤 한다.

분명한 것은 나를 위해 자신의 인생을 투자하여 전적으로 희생하신 엄마에 대한 그리움이다.

돌아가신 세월이 8년이 지났다. 그러나 아침저녁, 내 일상 어디에서든 순간, 순간 엄마를 만난다.

\* Ambroise Thomas(1811.8.5~1896.2.12), 프랑스 작곡가

# 아무것도 하지 않을 자유

워라밸*이란 용어가 등장하기 전 이야기다.

어느 날 게으름을 예찬하는 시중의 도서를 발견하고 반가웠다. 나는 자신의 게으름을 스스로 탓하며 일에 대한 강박관념에 은근 시달리고 있었다.

내가 직장여성으로 고군분투하던 80~90년대 우리나라 사회구조는 지금하고는 사뭇 차이가 난다. 주 4일제가 거론되는 요즘의 직장인들은 주 6일을 꼬박 일해야 했던 그 시절을 이해할 수 있을까.

나는 일과 성취만이 인생의 목적일 수 있다고 생각했기에 휴식조차 거부하는 라이프스타일의 꼰대였다. 그때도

에디트 피아프의 「인생은 장밋빛」이란 샹송이 있었지만 인생은 만만치 않았다.

성취욕구가 강하다는 중산층 출신으로 성장하면서 인생을 즐기기에는 역부족이었다. 나의 경우는 취미생활에 시간을 뺏기고 싶지 않았던 것이 솔직한 심정이었다. 일주일 중에 겨우 일요일 하루 빈 날은 주중에 쌓인 직무 스트레스의 찌든 피로를 풀기에는 너무 짧았다. 게다가 남달리 예민한 성격은 인간관계 소용돌이를 벗어나기에 턱없이 부족한 시간이었다.

나의 인생관에 한 획을 그은 중요한 사건은 90년대 미국 교환교수 생활이다. 비록 1년간의 짧은 기간이었지만 난생처음 체험한 꿈의 나라 미대륙 경험이었다. 벌써 30년도 지나간 오래전 이야기지만, 지구상의 최고국가 위상을 유지하고 있는 그들 생활은 여유로웠다.

우리나라와 비교가 불가인 넓은 땅과 풍부하고 기름진 토양의 혜택이었다. 한국 몇 배가 되는 그 땅의 농산물은 넘쳐나서 때로는 폐기처분되기도 하는 게 놀라웠다. 대륙 개념은 풍부하고 화려한 공산품에서도 잘 드러나고 있었다. 대형 몰에 무진장 쌓여있던 전자제품은 어디로 다 팔려 가는지 궁금하기도 했다.

가장 놀라웠던 건 그들의 청교도적 사고와 자유로운 생활방식이었다.

학교 교육도 그 당시의 획일적인 한국교육 분위기와는 사뭇 달랐다. 우리나라는 학교 성적 위주의 우등생만이 최고 목표가 되던 시절이다. 그들의 교육과정은 훨씬 더 자유롭고 유연해 보였다. 그들은 봉사 정신 함양과 창의적인 교육에 더 신경을 쓰고 있었다.

나는 그때 처음으로 인생을 즐기고 사는 그들의 여유로운 모습에 감동을 받았다.


미국 LA에서 직장생활을 하는 딸을 방문하고 있는 지인은 오늘 아침 카톡에서 미국은 40여 년 전과 크게 달라진 것 같지 않단다.

우리나라도 요즘 젊은 세대들은 자유로운 사고나 행동으로 신인류 같다. 자기가 하고 싶은 것을 하면서 인생을 선택해서 윤택하게 즐긴다. 일과 여가를 즐기는 방법도 다양하다. 재택근무 운운은 이제 화제가 될 수 없다. 여가 방법도 '멍때리기 대회'가 나오는가 하면 불멍, 물멍, 별의별 멍때리기도 다 등장하고 있다.

일중독이던 나도 어느새 은퇴 세대가 되었다.

일만 하면서 한평생을 보내던 나도 '은퇴만 해봐라!'며 많고도 많은 하고 싶은 일을 마음껏 하리라 기대했다.

엄마!

그런 제가요, 왜 '아무것도 하지 않을 자유'라는 글을 쓰고 있는 걸까요. 엄마는 그 이유를 아신다면서 빙그레 웃으시네요.


 * work-life balance를 줄여서 일과 개인의 삶 사이의 균형을 이르는 말

# 5
## 어머니 생전에

엄마, 죄송하고 감사해요!

어머니 서예작품

# 어머니와 해외여행 중에

지난 8월은 지극히 의미 있는 여름이었다.

칠순을 맞으신 엄마를 모시고 러시아와 북유럽을 여행했기 때문이다. 지금은 여독도 풀리면서 아름다운 이국 풍물이 벌써 그리움으로 가슴을 적셔온다.

우리 가족은 해외여행을 좋아하시는 엄마를 '투어리스트tourist'라 즐겨 부른다. 일본에서 출생하여 성장기를 그곳에서 보내신 탓인지 그 연세에도 외국 문화에 잘 적응하신다. 그런 연유로 칠순 잔치를 마다하시는 엄마를 위해 우리 4남매는 해외여행을 계획하게 되었다. 나의 역할은 엄마 여행 비서였다.

러시아와 북유럽인 핀란드, 스웨덴, 노르웨이, 덴마크의

4개국을 거쳐 스위스 취리히에서 서울로 돌아오는 일정이었다. 덕분에 초등학교 시절부터 동경해 오던 먼 나라까지 갈 수 있게 되었다.

그중에도 러시아는 사춘기 시절 문학소녀로서 동경했던 나라였다. 집과 학교와 단짝 친구가 내 세계의 전부였던 소녀 시절의 꿈은 소설가가 되는 것이었다.

그 이후 고등학교에서 대학 시절에 이르기까지 도스토옙스키나 톨스토이, 그리고 뚜르게네프는 내가 즐겨 찾는 작가였다. 가장 감명 깊게 읽었던 책도 도스토옙스키의 『죄와 벌』과 『카라마조프가의 형제들』이다. 가장 좋았던 영화도 톨스토이 원작의 「전쟁과 평화」나 파스테르나크의 「닥터 지바고」였다. 「삶」이란 시로 우리에게 친숙한 푸시킨도 러시아의 대문호가 아닌가. 음악에도 차이콥스키가 있고 무용에도 볼쇼이 발레단이 있다.

12일간 여정에서 5일이 러시아 기행이었다. 3일간은 모스크바 2일간은 상트페테르부르크였다.

최근 해외 소식은 소련이 러시아로 변한 뒤의 어지러운 사회상을 시시각각으로 전해 오고 있다. 한때는 세계 최초 인공위성을 발사하면서 최고 국가라는 프라이드를 가졌을 그들이다. 그러나 지금은 식량난 때문에 식료품 가게 앞에 긴 줄을 서야 하는 것이 현실이다.

내 사춘기 꿈의 나라였던 러시아는 입국 수속부터 까다로웠다.

모스크바 세레메티예보 2 공항에 걸린 시계는 한국과 −5시간 시차를 나타내고 있었는데, 입국심사에만도 2시간이 필요했다. 공항 직원의 무표정과 기계적인 동작은 많은 인내심을 요구했다. 최초의 사회주의 국가였다가 1992년에 개방을 시작했다. 이곳에 입국할 수 있게 된 것만으로도 다행이라 생각해야 했다.

우리 여행단을 맞으러 나온 현지 가이드는 모스크바국립대학에서 정치경제학을 전공하는 한국 학생이었다. 그의 러시아에 대한 소개는 '러시아는 꿈의 나라입니다. 그 꿈은 길몽일 수도 있고 악몽일 수도 있습니다'라는 함축적인 이야기부터 시작되었다.

러시아 여행은 참으로 많은 것을 보고, 설명을 듣고, 느끼면서 이루어졌다.

도착한 다음 날인 두 번째 날에는 하루 종일 모스크바를 관광하였다. 모스크바 대학교, 레닌 언덕, 성 바실리 성당, 붉은 광장, 굼 백화점, 톨스토이 기념관, 그리고 지하철 등의 관광이 그 일정이었다.

세 번째 날에도 오전에는 모스크바 크레믈린 궁전과 아르바트 거리를 관광하였다. 오후에는 모스크바에서 비행기를 타고 상트페테르부르크로 갔다.

네 번째 날에는 하루 종일 상트페테르부르크 여름 궁전, 이삭 성당, 페테르파블롭스크 요새, 순양함 오로라호를 관광했다.

러시아 관광 마지막 날인 다섯 번째 날에는 상트페테르부르크 네프스키 대로와 에르미타주 박물관을 관광했다. 그 날 오후에는 상트페테르부르크에서 핀란드 헬싱키로 가는 국제선박인 시베리우스호를 타고 러시아를 떠나왔다.

내가 이제껏 알고 본 큰 나라는 미국이나 캐나다쯤인데 러시아는 규모가 더 큰 나라였다. 그들은 뭐든지 세계에서 가장 큰 것만 추구하는 것 같았다.

세계에서 가장 큰 종, 세계에서 가장 큰 대포 등이며 건물도 크기가 어마어마한 것이 즐비하여 상상을 초월했다. 건물뿐 아니라 대로, 모스크바를 흐르는 바다 같은 모스크바강까지 크다기보다는 거대하다는 표현이 더 적합하다. 스케일이 크기로는 러시아 풍물을 따를 것이 없다.

내 마음의 지도에는 새로운 좌표가 하나 생겼다. 러시아를 보지 않고 세계를 논하는 것은 우매하다는 것이다. 네 바강과 볼가강에 얽힌 그들의 아름다운 서정과 보드카와 같은 뜨거운 정열을 모르는 척할 수는 없다.

무엇보다 제정러시아 오랜 역사와 더불어 승화된 아름다움의 극치가 있으니, 그 대표적인 것이 성 바실리 성당이다.

섬세하고 정교해서 기묘하기까지 한 러시아 정교 성당 바실리!

불균형의 조화를 그처럼 완벽하게 구사할 수가 있을까. 한가운데에는 47m 높이의 양파 머리 지붕이 있고 그 주위를 둘러싸고 있는 8개 둥근 지붕이 있다. 그것들은 대칭으로 잘 조화되어 있는 것이 아니라 불균형으로 제멋대로 솟아 있다. 그런데 이런 불균형이 그 나름대로 멋진 조화를 이루고 있다. 이반 대제가 카잔 칸을 항복시킨 것을 기념하여 만들도록 한 것이다. 완성된 성당의 모습이 너무 아름다워서, 다시는 이런 건축물을 만들지 못하게 건축가의 눈을 뽑았다는 이야기가 전해 온다.

지금 러시아는 흔들리고 있다.

그들 중에는 한국 관광객에게 한국 애국가를 연주해 주며 푼돈을 구걸하고 있다. 레닌의 묘에서 생전 모습 그대로 잠자고 있는 레닌은 무엇을 생각하고 있을까.

　나는 아련한 내 사춘기 동경과 더불어 러시아에서 본 여
러 가지 풍물과 바실리 성당을 잊지 못한다.
　무엇보다 엄마 칠순 기념 여행의 꽃 같은 추억을 내 가슴
가장 깊은 곳에 묻어 두고 있다.

(1996. 9.15)

성 바실리 대성당 앞에서(1996년 여름)

# 나의 어머니께

계절의 여왕이란 5월, 어제 대구 기온이 섭씨 32도를 넘었대요.

이런 기온은 한여름 더위인 데다 요 며칠 습도까지 높았어요. 지구상의 생태변화를 이상기온과 더불어 우리 피부로 절감하게 되었네요. 이러다간 5월 8일 어버이날 의미마저 퇴색될까 두려워져요.

우리 사회에서 부모님에 대한 효심을 칭송하는 미담이 점점 사라져가는 것은 사실이지요. 노부모 학대나 부모 살해 같은 사건이 신문 기사로 등장한 지도 오래되어요.

5월 초순에 어울리지 않는 소나기 덕분에 수목의 연녹

색 잎사귀들이 위안이 되는 이 아침. 오랜만에 엄마께 제 마음의 글을 몇 자 적어요. 다행히 오늘은 강의도 없어 마음에 여유가 좀 생기네요. 출근길 자동차 속 음악방송 멘트는 '수요일 아침의 애잔한 장미…'로 비 오는 날 회색 무드를 만끽하게 만들어요. 강의 없는 이 하루도 학문적 실적 쌓기에 전전긍긍할 딸을 딱해하는 엄마 마음이 금방 전해지네요.

엄마와 저의 관계는 여느 평범한 모녀간에 비해 숙명적이지요. 반세기에 걸친 세월을 한 지붕 밑에서 같이 호흡하며 살아오고 있으니까요. 싱글인 저에겐 엄마와 인연이 혈연 이상의 의미로 부각 되어요. 귀엽고 사랑스러운 자식이 때로는 애물단지가 되기도 한다는데. 엄마의 모정을 저는 죽는 순간까지 헤아리지 못할 거예요. 저를 위해서는 '마마 걸mama girl'이라는 신조어가 만들어져야 해요.

우리 모녀간을 잘 모르는 지인들은 저에게 칠순 노모를 모신다고 해요. 사실은 저는 아직도 엄마의 철부지 자식으로 행세하는데요. 신기한 것은 엄마의 자식 사랑이지요. 내 엄마의 자식 네 명에 대한 사랑은 세상에서 둘째가라면 서러울 거예요.

서른한 살에 청상靑孀이 되셔, 두 살부터 열한 살까지 4남매를 성장 교육시켜 성인으로 독립시킨 것이 그 증거가 되겠지요. 그 눈물 어린 긴 세월을 누가 알아서 어떻게 보상해 줄까요. '신만이 안다God only knows'는 말이 있지요.

생텍쥐페리는 『어린 왕자』에서 사막이 아름다운 것은 곳곳에 우물이 숨어있기 때문이래요. 엄마가 저에게 주신 사랑의 일상들은 바로 나의 몸과 마음이 되어 내 인생에 우물을 묻어 주셨지요.

사춘기였던 중3의 고 입시생 때지요. 엄마가 생업을 끝내시고 귀가하실 때는 통금*가까운 시간이었어요. 그 시절 빠짐없이 사 오시던 간식거리는 아직도 나에겐 아련한 추억이 되지요. 청운의 꿈을 품은 딸의 인근 대도시 명문 K여고로 진학을 기꺼이 허락해 주신 엄마는 진취적인 여성이지요. 딸이 탄 시외버스를 배웅하시던 엄마의 허전한 표정을 나는 지금도 정확히 헤아리지 못해요.

수도 서울이 가지는 매력 때문에 모든 생활이 즐겁기만 했던 여대생 시절은 또 어떻고요. 귀향한 방학이 지루한 듯 서둘러 상경하는 딸애가 아쉬우셔 바쁘고 피로하신 일과 중에도 곧잘 편지를 주셨지요. 고향의 달을 보며 상경한 딸을 그리워하는 엄마의 마음이 묻어나던 편지글은 아직도 생생해요.

그러나 나는 여기서 감히 엄마에 대한 불만을 토로할 거예요. 아이러니하게도 엄마에 대한 나의 불만은 동생들에 대한 엄마의 배려 때문이지요. 때때로 동생들에 대한 엄마의 배려가 내 생활에 불편과 불만을 초래할 때, 나는 엄마를 향해 형편없이 짜증을 부리곤 했지요. 그럴 때 엄마의 철석같은 슬로건은 '자식 네 명에 대한 모정은 한결같다!' 이예요. 80년대 운동권 학생이나 의식화된 사회운동가도 내 엄마의 이 이즘ism만큼 절대적일 수는 없을 거예요. 그래서 모정은 본능이라고 하나 봐요.

엄마가 계시지 않으시면 4남매 장녀인 내가 할 일을 대신해 주시는 걸 감사해야 하는데. 나만의 알량한 이기심으로 괜히 노모에게 화풀이를 하는 순간을 승화시킬 수 있을까요. 톨스토이는 자기만을 위한 생은 죄악이라고 경고했지요.

독신인 나의 업보까지 짊어지신 내 엄마!

모정의 샘은 세월이 더해 갈수록 점점 더 깊어져 가요.

# 엄마, 죄송하고 감사해요!

## (1997.5.7)

* 그 시절에는 자정을 경계로 통행을 금지하였다.

삼천포 남일대(막내 남동생과)

남강 둔치

# 어느 봄날

문득 만난 이 짧은 봄날의 감동을 어떻게 표현할 수 있을까.

아는 사람은 알겠지, 아니 다들 알고 있겠지, 올봄이 얼마나 힘들게 왔는지. 겨울에서 봄으로 오는 터널 같은 삼월 한 달. 내리, 내리 흐리거나 비가 오곤 하여 맑은 태양을 보기가 얼마나 힘들었는지 모른다.

꼭 날씨 궂은 유럽 어느 도시에 사는 듯한 착각에 빠지기도 했다.

북유럽 사람들은 모처럼 태양이 나오면 미친 듯이 햇볕을 쬐려고 공원으로 길거리로 뛰어나간단다. 영국 신사들이 항상 손에 우산을 들고 다니는 것도 그런 회색 날씨 때문이다.

　노모를 간병하고 있는 나 같은 사람에게 날씨는 절대적인 의미를 가진다.

　거동을 못하시는 엄마는 날씨가 궂으면 하루 종일 비몽사몽이실 때가 많다. 엄마 컨디션에 따라 일희일비—喜—悲하는 나는 하늘이 회색으로 낮게 드리워지면 마음부터 어두워져서 주체를 못한다. 그러다 비라도 내리면, 진흙탕 속을 헤매듯 온갖 불길한 생각에 자신을 맡겨 때로는 찔끔찔끔 눈물을 흘리기도 한다.

　만 7년 가까운 노모의 간병 세월.

　스스로 모든 내 일상을 엄마 간병을 위해 바치기로 해놓고서도.

　매일 나의 인내를 바닥나게 하는 힘든 시간이 무수히 쌓여가고 있다.


　여름이 시작되던 그 해 불현듯 찾아온 엄마의 병은 예사롭질 않았다. 여름이 끝나 추석을 지나도 쾌차하시질 않으셨다. 나의 간절한 바람도 헛되이 그 겨울을 넘기고 봄이 와도 엄마는 회복이 되질 않으셨다.

내 인생에서 그때처럼 입춘을 기다린 적이 어디 또 있었을까?

봄이 오면 엄마도 거뜬히 건강해지시겠지. 예전처럼 매일 서실에도 나가시고, 예전처럼 내가 좋아하는 돈가스도 만들어 주시겠지. 어디 그뿐이랴. 평생 자식 일이라면 자신의 모든 것을 희생해서 다 해 주시던 우리 엄마로 금방 돌아가시겠지.

이 세상에 영원이란 없고, 변화하지 않는 것은 변화라는 그 말뿐이라 했다. 병명도 모른 채 시작된 엄마의 병은 나의 눈물과 고통 속에서 1년, 2년 깊어 가면서 내 일상은 완전히 전복되었다.

엄마의 완벽한 보호망 속에서 엄마의 아이로만 실존하던 내 삶은 순식간에 무너졌다. 이제 거꾸로 엄마를 보호하고 간병해야 하는 처지가 되어버린 것이다. 그렇다고 해가 뜨지 않는 것도 아니고 세월이 가지 않는 것도 아니었다.

무수히 봄이 오고, 또 그 봄이 가고, 나는 그 봄이 올 때마다 엄마의 쾌유를 진짜로 믿고 기대하면서 긴 겨울을 버터 내었다. 그러는 사이 엄마의 건강은 조금씩 나빠져 혼자서 걷던 보행을 지팡이에 의지하시게 되었다. 급기야는 보행기를 잡고 서는 행동도 힘들어지셨다.

아! 내 엄마.

올해 역시 바람과 추위와 눈보라 속 겨울을 빠져나오면서, 엄마 건강을 오는 새봄의 전령에 얼마나 빌었는지. 이제 엄마는 팔순을 넘어 침대에서 혼자 일어나지도 못하시는 병든 노인이 되셨다. 그러나 내겐 어느 건강한 어르신보다 예쁘게 보인다.

이 지구상 어떤 것도 내 엄마를 능가할 수 있는 것은 없다. 비록 나의 한계를 벗어나는 힘든 순간, 순간 짜증에 찌들어 눈물까지 마르는 시간의 연속일지라도.

거의 매일 자정을 지나 걸핏하면 새벽 서너 시를 넘기는 간병이라도, 자식 일에는 정신을 놓지 않으시는 엄마가 계시는 한 나는 행복한 사람이다.

어머니가 주신 글*

고개를 드니 갑자기 내 앞에 선

어느 봄날. 지금이 4월이고 이젠 확실히 봄이다.

그러고 보니 벌써 4월 하순, 4월이 가고 있네.

살아 있다는 것 이상의 더 큰 축복은 없다.

다시 피어나기 시작하는 꽃과 여린 초록 풀잎.

여기저기서 술렁이는 생명의 소리가 들린다.

봄은 긴 겨울을 뚫고 지나와 시작되어 좋고, 항상 희망의 전령사가 되어 좋다.

영원한 인생의 미숙아인 나는 이 짧은 4월의 봄을 금방 보내고서.

또다시 새봄을 기다리며 엄마의 건강을 간절히 고대하고 있을 것이다.

(2010. 4.26)


* 어머니는 새해가 되면 이런 글을 붓으로 쓰셔 주시곤 하셨다.

# 즐겁고 행복할 수 있는 의지가 있어야

3월 들어 두 번째 주가 시작되는 월요일 오후.

학교 뒷산은 봄 학기가 시작되는 부산함과 다르게 한적하여 고즈넉하다. 아직은 이른 봄이라 마른 잎들로 덮인 대지 속에서 푸릇푸릇 작은 풀잎이 간간이 보인다. 조용한 산속 공기 탓인지 평소와 달리 새소리가 영롱한 게 영혼까지 맑아진다.

수십 년을 호흡하며 생활한 여기 한국 남단의 도시, 대학 캠퍼스.

내 직장인 학교의 마지막 학기 시작 지점에 있다.

가슴 쓰라린 사연으로 연구실에서 혼자 울기도 했다. 분노와 울분으로 응어리진 멍을 삭이지 못해 하얗게 밤을 지새우기도 하였지. 때로는 남모르는 보람과 감동으로 세상이 환해져 오는 설렘도 있었고. 비록 짧았더라도 기쁨과 환희의 절정으로 가슴이 터질 듯한 순간도 있었다. 그런 365일의 나날이 서른 번도 더 지나 가늠할 수 없는 시간이 후딱 지나가 버렸다.

　주변 지인들은 벌써 몇 년 전부터 퇴직을 종용?하듯 '어떤 준비를 하느냐'며 넌지시 관심을 나타내더니만. 마지막 학기가 되니 '기분이 어떠냐'며 소감을 물어온다. 그럴 때 내 태도는 난감하다. 선임 교수들의 현명한 처사를 간접으로라도 경험하지 못한 걸 그제야 탓한들 무슨 소용이리오. 은퇴를 축하해야 할지, 슬퍼해야 할지부터가 난감하다.

　일본에선 은퇴 세대를 젖은 낙엽 세대라고 한다. 비 오는 날 신발에 붙은 낙엽처럼 아내 곁을 졸졸 따라다니며, 사람 구실을 못하는 남편을 비하하는 말이다.

　세칭 '백수가 과로사 한다'는 말이 있다.
　지금쯤은 남은 직장 세월을 관조하며 즐겁게 보내야 할 터인데, 자칭 '예비백수'인 나의 경우는 매일 부산하다. 방과 후 일상은 첫째로 거동 불능의 와병 환자인 엄마 간병에 올인all in 해야 한다. 그런 중에도 강의 준비며 논문지도며 정신이 하나도 없다. 몇 자 적는 이 글 작업마저도 몇 줄 쓰다, 말다, 여러 번 되풀이하면서 완성 시키기가 힘이 든다.

누구에게나 라이프 스타일이 있지만 일상을 엮어나가는 일이 나에겐 항상 힘들다. 언제나 그렇게 살아왔듯이 퇴직 후에도 별스레 달라질 것 같지 않다.

현실은 은퇴에 대한 특별한 대안이 없다. 그러면서도 '제2의 인생'이라느니 '자아실현의 시기'라는 등의 용어들이 난무한다. 갑자기 들이닥친 우리나라 노령화를 대변하듯 어지럽기만 하다.

세월은 흐르게 되어 있고 나 역시 선인先人들을 따라갈 수밖에 없다. 다만 좀 더 지혜롭게 은퇴란 이 절대적 위기를 극복할 수 있는 힘이 있으면 좋겠다. 그래서 인생의 어떤 위기에서도 그것을 관조할 수 있는 능력이 있으면 좋겠다.

즐겁고 행복할 수 있는 의지를 가지고 일상을 꾸려가야 한다.

(2012. 3.12)

2012년 봄
(어머니 간병의 화려한 훈장, 왼쪽 손목 붕대)

# 목련의 하얀 꽃봉오리가 하늘을 향해 생명을 노래한다

**캠퍼스의 목련**

올해는 윤 3월이 있어 오는 봄이 유난히 스산하다.

바람 불어 춥기까지 한 3월 하순 월요일 오후.

이 캠퍼스에서 마지막 봄을 만끽해야 하는 나는 정년을 몇 개월 앞둔 은퇴 직전의 교수다.

학교 뒷산 산책로는 몇십 년 전이나 지금이나 크게 달라진 건 없다. 친 생태계 지향 에코 캠퍼스 운동으로 벤치나 정자 같은 사소한 편의시설 말고는. 그에 비함 나는 너무 많이 달라졌다. 이십 대 강사로 이 대학에 입문하여 이제 60대 흰머리 섞인 나이가 되었으니까.

곧 엘리엇이 「황무지」란 시에서 읊은 메마른 대지에 생명을 불러일으키는 잔인한 달, 4월이 올 채비를 서두르고 있다. 연이어 '계절의 여왕' 5월이 화려하게 날개를 내리면서 시공을 장식할 것이고.

최근 들어 인생 100세 운운의 21세기형 삶을 지향한다지만. 내 인생의 정신적 지주이신 엄마는 팔십 대로 오랜 세월 병상에 계신다. 3년 전부터는 거동이 불가능하다. 최근에는 엉덩이 꼬리뼈 부근 욕창 증세 때문에 병원을 전전하며 고군분투하고 있다.

그래도 오늘은 인근에선 최고라는 대학병원 젊은 피부과 여의사가 '아직 욕창은 아니네요!'라고 선언한다.

아, 내 마음의 날개는 이제 갓 피어나려는 무수한 하얀 목련 봉오리 끝으로 펼쳐진다.

인생이란 무엇이던가?

철들고 성장하여 20대 여대생 시절부터 끊임없이 반추했던 말, 그 말들….

인생이란 무엇인가?

아직도 나는 이 혼돈의 지대를 헤매고 있다.

나는 마지막 학기를 좁은 연구실에서 화장실 갈 틈도 없이 혼자 동분서주하고 있다. 그 중에도 불멸의 생물이 있다는 아침 신문 기사를 다시 꺼내어 펼쳐보기도 하면서. 영원히 철들 수 없는 바보 같은 아이가 자신임을 확인한다.

돌아가는 뒷모습은, 떠나는 뒷모습은 항상 슬플 수밖에 없는 건가. 아름다운 이별이란 시詩에만 있는 건가. 모든 걸 내려놓고 아름답게 떠날 수 있는 인생의 묘미는 존재할 수 없는 것일까?

이제 나는 노모의 욕창 예방치료를 위한 처방전을 들고, 연구실을 빠져나가 낯익은 약국장을 만나야 한다. 그리고 퇴근하는 요양보호사와 몇 마디 간병 절차에 관한 대화를 해야 한다. 내일 오전 그이가 출근할 때까지 체위 변경은 물론 대소변 케어도 해야 한다.

그래, 인생은 어떤 순간, 어떤 처지에서도 행복할 수 있어야 한다.

그것은 불굴의 의지 없이는 불가능한 일이다.

이것은 내 실존의 대 주제이면서 우리, 모두가 합치될 수 있는 꼭 지점이 될 것이다.

(2012. 3.26)

캠퍼스의 목련 2

# 빈 교정에서

학교는 여름방학으로 들어갔다.

아침 느지막이, 갓 방학에 접어든 텅 빈 캠퍼스를 30년 넘게 출근한 모습대로 바쁘게 들어왔다. 마지막이 될 것 같은 심사용 논문을 읽다가, 갑자기 마음이 휑하니 비어 오는 우울감에 컴퓨터를 켠다.

수십 년 세월을 빈 캠퍼스를 지켜 가며 연구실에 박혀 책을 읽고 글을 썼다. 하나도 바꾸어진 것 없는 일상인데 왜 나는 여기를 떠나야 할까?

내 인생에서 가장 오랜 세월을 보낸 곳이 여기 한국의 남쪽, 가좌동 캠퍼스다.

평생 곁에서, 내성적이고 쉽게 우울해하는 딸을 개선장군같이 격려하면서 완벽한 내 편이셨던 엄마는 지금 중환이시다.

아직도 '엄마!' 부르면 매번 '응~' 하고 응대해 주신다. 엄마에 대한 인사를 빼지 않는 아침 출근길, 오늘은 '엄마가 살아계셔서 행복해요'란 인사말도 덧붙였다.

십 년이 가까워지는 노환에 엄마 상태도 서서히 나빠져 가고 있다. 울며 적응할 수밖에 없는 간병 세월에 지금 상태만으로라도 지속될 수 있기를 바라는 마음이다. 엄마가 내가 불러도 대답할 수 없는 세월은 상상할 수 없다. 어떤 일보다도 그것만은 상상할 수가 없다.

프로스트*는 숲은 어둡고 아름답지만 잠자기 전에 몇 마일 더 가야 한다 했다.

눈물을 흘리면서도 나는 밥을 먹어야 한다.

이 글을 적는 사이에 조금은 마음이 치유된다. 다시 논문을 읽어야 하고 남은 생활을 위한 준비를 해야 한다.

오는 가을을 위한 '가을 노래'가 담긴 음악 시디도 들으면서, 최근 논문에서 읽은 '긍정적 착각'에 관한 생각도 해봐야겠다.

그래, 어차피 인생은 미망이고 미래는 불확실한 거.

자신에게 끝없이 긍정적 착각에 관한 체면을 걸어야겠다. 그리고 낡은 해피엔딩 영화를 보듯이 내 수첩 속의 비망록을 다시 손바닥에 놓아보기로 한다.

– 내 비장의 무기는 아직 손안에 있다. 그것은 희망이다 –

나폴레옹

(2012. 6.22)

* Robert Frost(1874~1963). 미국 시인

# 은퇴

2012년 8월 31일은 특별한 날이었다.

30여 년의 교수 생활이 끝나는 정년퇴임 날이기 때문이다. 여기서 생각하니 내 생의 직업에 몇 번 변화가 있었다. 처음은 대학을 갓 졸업한 20대 중, 고등학교 교사 시절이다. 그리고 전문대학 교수 생활을 거쳐, 지방 거점대학이란 4년제 국립대 교수 생활을 30대부터 시작했다.

사회적 압력이란 무엇일까.

내가 퇴임을 미처 실감하지 못하던 5, 6년 전부터, 주변에서 퇴임교수로 낙인찍히는 자신을 인지하고 씁쓸했다. 퇴임이 임박해지니 기분이 어떤지, 퇴직 후엔 뭘 할 것이냐는 등의 관심을 표시했다. 프랑스 여류화가 마리 로랑생의 시, '가장 불쌍한 것은 잊혀진 여자' 대열에선 구제받은 셈이다. '인생이란 원래 그런 건가 봐' 하면서 관조할 수밖에 없었다.

내가 지도한 박사와 석사 제자들의 마음이 모여 퇴임 문집도 만들어지고 성의 있는 축하연도 이루어졌다.

내가 이 세상에서 가장 사랑하고 그 자리에 꼭 계셔야할 엄마는 거동 불능으로 참석하지 못하셨다.

걸핏하면 눈물부터 앞서는 나는 다행히 그 뜨거운 팔월 마지막 향연에서 시종일관 환한 마음으로 버틸 수 있었다. '짧은 퇴임사'에서도 남은 프로젝트는 '진정한 자유인이 되는 것'이라고 담담하게 말할 수 있었다.

24시간 전적인 간병을 필요로 하는 엄마를 두고 하루아침에 전화 한 통화로 증발해 버린 요양보호사 사건.

떠밀리듯 후임 신규 교수를 위해 철거해야 했던 연구실이사.

나는 이런 모든 일을 고군분투하는 노병이 되어 혼자서처리해야만 했다. 어느 시인은 외로우니까 인간이라고 했지만, 능력 부족을 통감하는 나는 팔월의 하루, 하루를 정신 없이 보냈다.

그렇게 나는 인생 전부인지, 아니면 1부인지를 끝냈다.


9월이 시작되는 첫날.

토요일 교육대학원 개강에서 처음으로 '명예교수의 변' 으로 낯익은 학생들에게 인사를 했다.

일요일을 건너 새로운 월요일!

학교는 개강을 맞아 신선한 분주함으로 술렁이겠지. 내가 수십 년 동안 체험해 왔듯이 말이다. 나는 헐렁한 홈웨어를 걸치고, 출근 시간이 지나 한가한 아파트 마당을 걸어서 쓰레기 소각장으로 가고 있다.

8월 말과 9월 초순 사이, 정확히는 8월 31일 금요일과 9월 3일 월요일 사이, 그 며칠이 내게는 무척 이질異質스럽다.

은퇴가 뭐라고 이렇게 감정이 곤두박질칠까.

결국 사람이 살아가는 여정이고, 또 누구나 한 번씩은 거쳐야 하는 일인 것을.

퇴임 교수 중에는 보이콧하기도 한다는 '명예교수 담당 강의'에 가치를 부여하는 스스로가 딱하다. 아, 흘러가는 강물같이, 스쳐 가는 바람같이, 떠가는 구름같이 표표히 살아갈 수는 없을까?

9월의 캠퍼스는 내게 조금도 어색하지 않다. 그러나 어제의 나와 오늘의 나는 달라졌다. 재직 교수와 퇴임 교수라는 단애가 생겼다. 아무것도 달라진 게 없는데 모든 것이 달라졌다고 실감해야 한다.

거의 매주 몇 번씩은 예사로 만나 같이 식사하고 차 마시고 담소하던 동료들도 이제는 조금 달리해야 한다. 같이 만나 학교 뒷산을 예사롭게 산책하던 동료들도 이제는 그렇게 자주 만날 수가 없다. 벌써 그들이 학교 식당에서, 학교 뒷산에서의 만남을 사양한다. 나를 위한 배려라지만 조금 서글프다.

나는 확실히 퇴임을 한 것이다.

9월 한 달이 정신없이 가고.

그리고 다시 10월 하고도 15일.

문득 토요일 강의 앞두고 학교 식당서 만난 동료 교수 말이 가슴에 꽂히는 것은 자격지심인가.

"강의 없는 평일엔 뭘 하나요?"

"특별히 하는 일이 없습니다…!"

아, 하루 24시간도 거동 불능의 노모를 케어하기에는 역부족인 것을.


나는 '동네 백수 부인'이란 '동백 부인'도 아니고 '화려한 백수'라는 '화백'도 아니다. 그냥 퇴임하고 꼭 한 달 반이 지난 평범한 60대 여자다. 비로소 얼굴 주름살 때문에 거울이 보기 싫어지기 시작하는 60대 여자다.

요양보호사를 배려하여 점심도 집에서 먹지 않는다. 보호사 그녀는 환자 보호자인 내가 곁에 있는 걸 부담스러워한다. 몇 시간만이라도 엄마에게 잘해 달라고 스스로 동네 맥(도날드) 가게에서 점심 특선 세트를 혼자서 먹는다.

1년쯤 인생 방학을 만끽하고, 인생 2부를 시작하려고 은밀한 계획을 꿈꾸는 노인도 나다. 값싼 소프트아이스크림을 먹으면서도, '로마의 휴일'에 나오던 청순한 매력의 여배우 오드리 헵번을 생각한다. 역대의 미남 배우 그레고리 펙의 자전거 뒤에 앉아 로마 시내를 구경하면서 먹던 아이스크림을 생각하는 소녀 취향도 나다.

맥 가게 이층 창밖으로 보이는 플라타너스 잎이 가을을 먹고 있다.

팔월의 열기를 아직도 가슴에서 식히지 못하고 있는데 벌써 가을이 깊어 간다고 야단이다.

그렇게 하여 나는 내 직장에서 은퇴했다. 그리고 다시 그 구월과 시월의 가을 속으로 서서히 몰입하면서 내 인생, 제2의 설계도를 위해 치열하게 모색하고 있다.
(2012.10.15)

* 은퇴를 앞두고 거의 매일 여러 가지 악몽으로 선잠에서 깨어나곤 했다. 은퇴 후 한 달 반, 내가 좋아하는 클래식 음악방송이 들리기 시작했다.

동료들의 은퇴 축하연

정년 기념식

# 은퇴 후

오래전에 「양철북」*이란 영화를 봤다.

1979년에 개봉된 독일 영화로 '귄터 그라스'의 동명 소설을 원작으로 '폴커 슐렌도르프'가 감독을 맡았다. 2차 대전 당시 나치 휘하의 독일을 배경으로, 성장을 거부하는 소년의 모습을 통해 파시즘에 대한 비판을 다룬 영화다.

주인공 오스카(데이비드 베넨 역)는 뛰어난 지적 능력을 갖추었지만, 어른들의 추악한 세계를 혐오해 성장을 거부한 3세의 아이다. 우수한 영화로 기억한다.

은퇴한 후 4개월이 지나갔다.

그러나 내 인생은 성장을 거부한 양철북의 소년같이 은

퇴에서 멈추어 버린 느낌이다.

조금 전에 본 TV에, 한국의 한 시대를 풍미한 야구 스타 박찬호 씨에게 친구 연예인이 한 질문은 '이제 뭐 하지?' 였다. 내가 한동안 들으며 난감했던 그 말이다. 그러나 박찬호 씨는 너무나 담담하게 아니 너무나 화려하게 '살아갈 것입니다.' 그리고 덧붙이기를 '잘 살 것입니다'였다. 아, 사람에 따라 저런 멘트도 얼마든지 자긍심 있게 들릴 수가 있구나.

은퇴를 앞두고 꾸었던 악몽.

늦은 아침 눈뜰 때의 허무함.

이런 것이 영 없어진 것은 아니지만, 많이도 담담하게 하루하루를 보낼 수 있게 된 것을 나의 성장으로 보고 싶다.

그게 무슨 성장이야? 포기, 체념 그런 거지!

나의 심리학적 지식은 '긍정적 착각'이란 말에 꽂힌다. '긍정심리학Positive Psychology'이란 내겐 위안이 되는 아이템이다.


예전에는 묵은해가 가고 새해가 오는 것이 대단한 이벤트였다. 망년회니 올나잇이니 시끌벅적해야만 직성이 풀렸는데. 지금은 하루 사이에 2012년에서 2013년으로 바뀌는 것이 아쉽다.

아직도 새해 시작은 잠자지 않고 깨어서 소망을 기원하는 것으로 지켜오고 있다. 젊은 시절 같은 참신함이 없어진 것은 세월 때문일까. 아무튼 새해 들어서고 벌써 반달이 지나간다.

올겨울 여기, 한국 남쪽 지방에서는 지극히 드문 함박눈이 내려서 아직도 녹지 않은 채다. 비는 고통이고 눈은 상처라는 말이 있다. 우리 집 앞길 건너, 산비탈에 선 나무와 바위에 앉은 눈은 언제까지 녹지 않을 듯 하얗게 폼을 재고 있다. 하루 이틀도 지나 벌써 몇 날 며칠째, 나는 거실 창을 가득 채운 이 풍광을 보면서 대화를 나눈다. '그래, 꼭 내 마음 상처같이 오래도 남아 있구나.' 어떤 형태로든 한 번 상흔이 생기면 잊질 못하는 나는 곤란한 인간인가. 상처뿐 아니라 과거의 작은 추억에도 집착한다. 푸시킨은 「삶」이란 시에서 현재는 부질없고 지나간 것은 전부 그리워진다고 했다. 그러나 그 불멸의 시인은 19세기를 살다가 갔다.

은퇴 후, 가을 학기는 스르르~ 느린 듯 빠른 듯 지나갔다. 나는 새봄과 함께 시작될 봄학기를 기다리고 있다.

　제2의 인생이 무엇인지.

　사춘기 소녀 적부터의 꿈이었던 글쟁이를 향한 습작은 이 일요일을 채우고도 남는다.

　요양보호사도 없는 빈 일요일에 배고픈 엄마를 침대에 눕혀 둔 채 나는 이 글을 적고 있다.


　엄마, 나 수필가 되고 싶어요.

　조금만 참으세요.

　몇 자만 더 적어 놓고, 엄마 밥 챙겨 드릴게요!

(2013. 1.13)


* Die Blechtrommel

# 어머니가 너무 마른다

옷을 갈아입혀 드리려고
엄마 내의를 벗기니
갈비뼈가 다 드러난다

아, 어떡하지!

엄마를
조금만이라도
더 살찌우게 해 드릴 수 있는 방법은 없을까?

(2013. 1.18)

# 어머니 간병 10년을 헤아리면서

엄마는 내 현실이자 힘이다.

 퇴직한 세월을 꼽아보니 9개월째, 1년을 치닫는 세월인데도 실감이 나지 않는다. 근무한 세월과 비교하면 그럴 만도 하다.

 누구에게고 부모님, 그것도 어머니에 관한 이야기는 애틋하겠지만 내 경우는 더 특별하다. 올해 85세로 노환에 의해 거동을 전혀 못하신 채 온종일 거의 눈을 감고 지내신다. 소통이래야 지극히 기본적인 '예, 아니오' 정도다.

 일본에서 태어나 성장하신 엄마는 고등교육까지 받으시고 해방과 함께 귀국하셨다. 처녀 시절에는 지방 공무원도 하시고 초등학교 교사로도 근무하셨다. 그러나 결혼 후에는 그 시절 대부분 여성처럼 혹독한 시집살이를 하셨다. 게다가 장녀인 내가 초등학교 6학년이던 30대 초반 젊은 나이에 남편인 나의 아버지가 돌아가셨다. 유산도 없이 2남 2녀의 어린 자녀를 데리고 고달픈 생활전선에 나설 수밖에 없으셨다.

나와 어린 동생들의 성장기는 힘든 노동일에도 항상 따뜻하고 전심전력 교육열로 가득 찬 엄마의 사랑으로 채워졌다. 다행히도 4남매가 다 장성하여 남부럽지 않게 교육도 받고 가정을 이루었으니 엄마의 노고가 헛되지 않으셨다. 다만 미혼의 장녀인 나를 결혼 시키겠다고 미국 교환 교수 시절까지 쫓아 오셨는데 뜻을 이루지 못하셨다. 이 문제는 나의 불효가 더 큰 원인이리라.

엄마와 나는 내가 외유했던 여고와 대학 시절 빼곤 같은 집에서 살아오고 있다. 엄마가 우리 자녀들에게 베풀어 주신 아름다운 모정은 세상 어느 어머니도 못 당하실 거라고 자랑하고 싶다. 특히나 홀어머니 인생의 등불 같기도 했을 맏이인 나를 향한 기대는 남다르셨다.

넉넉지 못한 살림에도 명문 여고로의 외유에다 서울의 화려한 사립 여대까지 보내 주셨다. 대학 졸업 후 직장생활도 항상 엄마 지지와 배려가 있었다. 지방 거점 국립대 여자 교수로서 힘든 스트레스를 견딜 수 있었던 것도 엄마의 지지가 없었다면 가능했을까 싶다.

우리 4남매의 정신적 지주이신 엄마!

평생 약한 모습을 볼 수 없던 불사조 같으신 엄마!

그런 엄마가 2003년 6월 초여름부터 조금씩 건강에 이상이 생기기 시작하셨다.

'아, 엄마도 아플 수가 있구나.'

'뭐, 그럴 수도. 가을이 오고 추석만 지나면 당연히 예전처럼 건강을 회복하실 거야.'

그러나 예상은 뒤집어졌다. 이 병원 저 병원을 순례하는 동안 추석이 지나고 겨울이 오는데도 엄마는 좋아지질 않으셨다.

그 무렵 내 모습은 꼭 고장 난 수도꼭지같이 끝없이 눈물을 쏟고 다녔다.

본래의 모습으로 회복되지 않는 엄마에 대한 갈증은 무엇으로도 채울 수가 없었다. 비 오는 아파트 옥상에 올라가 아스라이 빗물에 젖은 시가지를 바라보며 얼마나 소리 내어 울었던가. 출퇴근하는 자동차 속은 항상 눈물바다였다. 학생들을 향한 강의 중에도 칠판을 향해 돌아서서는 성큼 눈물을 마셔야 했다.

끝없이 시도 때도 없이 흐르던 나의 눈물!

1년이 가고, 2년이 가고, 또 3년이 가고…

'장한 어머니상' 운운의 엄마 탓인지, 주변의 부러움을 샀던 우리 형제자매 효도도 가는 세월에 서서히 빛이 바래기 시작했다. 이 세상 어느 자녀들이 그렇더라도 우리는 결코 그렇지 않을 것으로 생각했는데. 긴 병치레에 효자 없어진다고 했다.

세월은 흘러 강산이 변한다는 십 년 세월을 헤아리게 되었다. 엄마는 그 세월 속에서 내 모든 정성, 눈물, 신음, 고통과 함께 노병이란 게 그런 건지 조금씩 나빠져 가셨다.

정년퇴직의 세월이 오기 오래전, 엄마가 건강하실 때니까 10년도 더 전의 일이다. 그 시절에는 방학이면 엄마랑 연례행사처럼 해외여행을 다녀오곤 했다.

학기 중에는 거의 매일 밤늦게 연구실에 남아 강의 준비나 논문 쓰는 일 등으로 시간 가는 줄을 몰랐다. 그런 내게 엄마는 항상 밤 10시경에는 전화를 하셔서 너무 늦지 않게 귀가하라고 종용하셨다. 그 무렵에는 나는 물론 대부분 교수가 대중교통을 이용하였다. 밤 11시가 넘으면 교문 앞 버스 통행도 끊어지던 시절이다.

매일 수십 년째 나가시던 서실書室을 쉬는 일요일엔, 나의 방 밖 베란다 화단에 꽃과 푸른 잎 화분을 손질하시던 엄마.

평화로운 일상이 끝없이 계속될 것을 의심치 않았던 그 세월.

내 정년 때까지 만이라도 엄마가 건강하시기를 빌었는데.

엄마 간병에 올인all-in한 지난 10년 동안.

주변 지인들은 나를 칭송하기도 하고, 격려하기도 하고, 걱정하기도 했다. 때로는 충고하기도 하고 비난하기도 했다.

4, 5년 전인가? 가족들 권유에 어쩔 수 없이 엄마를 며칠 노인병원에 입원시킨 적이 있다. 결국은 1주일 만에 다시 집으로 모셔 올 수밖에 없었지만. 그때 엄마를 간병하는 나를 지켜보고 '날개 없는 천사'라는 칭찬을 한 병원 요양사가 있다. 그이와는 지금도 급할 때는 엄마 근황을 의논하는 좋은 관계가 되었다.

그러나 현실은 만만치 않았다.

'좋은 시설도 많은데 혼자서 사서 고생을 한다. 다른 가족들과 간병 분담을 할 줄 모른다. 자기 인생을 찾을 줄 모

른다. 내가 엄마를 더 나쁘게 만들어 가고 있다.'

이런 비난도 들어야 했다. 마음 여린 나는 이런 얘기를 들을 때마다 수많은 밤을 밝히며 가슴앓이를 했다. 무엇이 내 엄마를 위한 최선의 길인지를 모색하면서 말이다.

나는 그런 사람들에게 말하고 싶었다.

엄마는 내 현실이자 힘이라고!

내 곁에는 엄마 발병 초기 1년여는 자기 직장도 휴직해 가면서 간병을 했던 여동생이 있다. 그 이후로도 현재까지, 한 달에 한 번씩은 천 리 길인 서울과 고향을 오가며 병 간호를 하고 있다. 그리고 항상 전천후로 엄마 간병을 위해 비상 대기 중인 두 남동생을 비롯한 가족들이 있다.

나는 오늘도 엄마에게 말씀드린다.

"엄마! 건강 챙기셔서 휠체어 타고 일본 오끼나와로 여행 가요~. 엄마 해외여행 좋아하시잖아요."

"엄마, 살아계셔서 감사하고 행복해요."

"이 세상 누구보다 아름다운 엄마, 사랑해요!"

(2013. 5.28)

# 다시 온 5월

오월
그리고 아흐레
어버이날 건너

포기하고 마음 닫아버린 오월이
다시 청순한 얼굴로 나를 설레게 한다

노천명의 「푸른 오월」을 노래하던 푸른 세월은
과거의 뒤안길로 넘어가 버렸다

나는 낯선 신설동 커피집에서

옛 직장동료를 기다리고 있다
엄마를 케어하는
요양사와 교대 시간이 임박한데
그이는 아직 오지 않는다

그러나
나는 지금 살아서
숨쉬고 인지하며
이 생명의 오월을
다시 만끽하고 있다

   (2014. 5. 9)

# 2014년 6월 11일 수요일 오후 2시 16분

서울 양재천 개포 근린공원

서울 양재천 개포 근린공원 밑.

옆 벤치에서 웬 아저씨가 트럼펫을 열심히 불고 있다.

이 나팔 소리는 시공에 넣을 수가 없다.

7개월 하고도 20여 일이 지난 인in 서울 유감기는 어디 쯤일까.

내 인생 '제2의 카오스 시대'인 '서울 유배기'는 아직도 끝날 줄 모른다. 그래도 양재천 벤치에 앉아 고향의 대학에서 의뢰해 온 심사용 박사논문을 읽는다. 아직은 뜨겁지 않은 대치동 미도아파트가 마주 보이는 이 숲속 벤치는 아늑하다. 좀 거리가 있는 건너편 벤치의 아마추어 나팔 소리는 내가 읽고 있는 논문 책갈피를 파고든다.

아, 인생의 유연함이여~~

문득 세월을 거슬러 여고생이 된다.

대학 입시를 치르고 난 뒤다.

지금의 나보다 엄청 젊은 30대 후반의 엄마랑 거닐던 부산 해운대 바다가 바로 손을 뻗치면 잡힐 듯한데. 엄마는 80대 후반의 거동 불능 중환자다. 그렇게도 애틋하게 분신으로 사랑하던 딸의 희로애락을 시방도 예전처럼 절감하실까.

이 순간 움직이는 것은 시간뿐이다.

세칭 화려한 백수로 자칭하는데도 매일매일 일이 밀린다.

누구는 인생이 황홀한 장밋빛일 수도 있다는데, 그것도 모른 채 무심히 간과하며 지내는 거지.

아직도 계속되는 나팔 소리여.

그만 안녕.

나, 일어서야 해요.

(2014. 6.11)

# 도심의 한가위 보름달

도심에 둥그렇게 뜬 보름달

2014년 9월 8일 월요일
한가위

춥지도 덥지도 않은
더도 덜도 말고
한가위만 같아라

소슬한 저녁 바람 속
문득 발견한 달님

가는 길 잠깐 멈춘 그녀

엄마, 조금만 기다리세요
지금 우리 집 가는 버스가 와요
곧 집에 도착할 거예요

(2014. 9. 8)

서울 삼성동

# 모차르트 음악을 듣고 싶다

모차르트 음악을 듣고 싶은
갇힌 일요일 아침

간병 세월에 말라버린 눈물이 다시 솟는다

내 인생은 내 책임이기에
그것만으로도 쿨cool 해야 하는데

한평생 자식을 위한 희생으로
당신 인생을 바치신 엄마를 위해
내 전부를 쏟아야지

찬란한 시월

가을 속 늦은 일요일 아침

C′ est la vie*

'인생예찬론'을 노래하고 싶다

(2014.10. 5)

* 그것이 인생이다

** 어머니는 2014년 11월 26일 새벽 3시 32분 슬하 4남매가
지켜보는 가운데 하늘나라로 떠나셨다.

.

고향집에서 어머니(2013.5.14)

# 두 번째 수필집 『어머니…; 그 후』 출간 소개*

* 서초수필문학회 출간소개: 2021.9.7.

# 구원久遠의 인간상으로 모성에 접근하는
## – 김남순의 수필세계

윤재천(전 중앙대 교수)

 

 

 

 

수필은 인간학이다.

수필은 작가와 독자가 혼연일체를 이루는 인간의 진실을 규명하기에 적합한 인간학이다.

그런데도 우리는 흔히 수필을 '생각나는 대로 일정한 형식 없이 써 나가는 산문 중의 하나', 또는 '붓 가는 대로 적는 글' 정도로 소개하고 있다. 그리고 이것이 수필의 전체 개념정의로 인식되어, 한낱 잡문에 지나지 않는 글이라고 주장한다.

사람 모습이 각각 다르듯 우리에게 주어진 문제의 답이 서로 같을 수는 없다. 이러한 현상은 그 답이 틀린 것이 아니라, 사람마다 개념과 철학이 각자 다르기 때문이다.

수필은 냉철한 지성을 전제로 한 사유와 관찰의 기록이어야 한다. 감상적 서정으로만 일관하려는 태도는 지양되어야 한다. 혼자만의 감상이나 교훈으로 빠지기 쉬운 지점에서는 적절한 자리에 유머와 위트를 삽입하여 가독성을 끌어올릴 필요가 있다.

수필은 작품으로서의 독창성과 참신성이 내재되어야 한다. 격조 있는 글에는 삶의 지혜가 서려 있고 단아하고 무리가 없으며, 삶의 희열과 긍정의 의미가 담겨있다. 결 고운 베처럼 매끈하고 포근한 숨결이 느껴져야 한다.

끊임없는 자기성찰과 변신의 노력이 있을 때, 애벌레에서 환골탈태하는 한 마리 나비처럼 화려한 비상을 하게 된다.

수필이 작가의 사실적인 모습이라는 선입견이 창작과정에 부담으로 작용한다. 수필이 이런 한계를 넘으려면, 경계를 넘어 다양함을 토대로 발전하는 미래를 바라보는 수필이 되어야 한다. 우리는 가능성을 막아놓고 무조건 '좋은 수필'의 출현만을 기대하고 있다. 이는 성장의 동력인 유전자 본체의 접속을 차단해 놓고, 수필의 깊이와 이해와 넓이가 불어나길 기대하는 일과 같다.

김남순의 작품세계를 따라가 보기로 한다.

그날의 문제는 귀갓길이다.

동행한 친구가 자기 가방 속에 넣은 내 책 한 권이 무겁다고 연방 푸념을 한다. 내 분신인 책 한 권 440그램이 무거운 게다. 나는 그럴 때 대신 들어주겠다는 휴매니티humanity를 발휘하지 못한다. 휴매니티는 커녕 '돌려달라고 왜 말 못하지'를 목구멍 속에 넣고 있는 소인배다. 귀가 후 꼬박 이틀간 '왜 글을 써야 하지?'란 자문自問을 하며, 우울의 수렁에 빠져서 헤어나질 못했다.

어느 친구는 귀갓길에 휴지통에 넣어 버릴지도 모를 내 책 한 권.

— 「책 한 권 무게」 중에서


작가는 대학에서 강의를 위해 제자들을 위한 교재를 저술했던 경험이 있던 사람이다. 연구 실적은 물론 때로는 인기 있는 교재가 되어 인쇄를 거듭하고 개정판까지 낸 적이 있다.

그러나 두 권의 수필집이 완전 자비출판에 의한 경제적 부담을 감수해야 하는 심정을 솔직히 토로하고 있다. 게다가 수많은 작가로부터 무수하게 쏟아지는 창작물들이 '종이 공해'가 되는 현실을 우려하고 있다.

　그 와중에도, 순수하던 대학기숙사 시절부터 우정을 나누고 있는 친구가 선뜻 수필집 10권을 사 주는 따뜻한 배려에 감동한다.

　매월 한 번씩 만나는 여고 동기 모임에도 새 책을 출판한 기쁨에 책을 백 팩에 넣어 한강 변까지 매고 간다. 평소 어깨 통증으로 생수 한 병 넣어 다니는 것도 부담이 되는 저자다. 그러나 4년간 밤을 밝혀가며 몇 번이나 고쳐 쓰고 고쳐 쓴 글이 모여 또 한 권 수필집을 생산한 것이다.

　어느 작가는 창작집을 내는 것이 출산의 고통보다 더하다고 한다. 또는 가슴으로 낳은 자식이라고 한다. 국내 저명 문인은 특강 중에 몇 권의 장편소설을 축약해야 하는 고통을 육신의 절단이라고 표현한다. 김남순 역시 왜 그런 힘든 길을 스스로 가야 하는지 이 글을 통해 반문한다.

　코로나 팬데믹 사태로 모임도 쉽지 않은 어려움 중에도 모여 준 친구들 축하 메시지에 들떠있던 저자다. 그러나 막상 귀갓길에 동행한 친구의 책 무게에 대한 푸념 때문에 책 한 권의 진실에 부닥친 것이다.

　귀가 후 꼬박 이틀간 우울의 늪에 빠져 작가로서 정체감에 회의를 느끼는 모습이 안쓰러운 현실이다.

며칠 후 이웃인 웹툰 작가 엄마와 점심 식사를 같이하는 자리에서 반전이 일어난다. 440그램인 저자의 책보다 훨씬 무거운 그녀의 책 선물이 무거워서 내심 반갑지만도 않은 심정이 나타난다. 그리고 푸념하던 친구를 이해한다.

작가는 구원의 인간상으로서의 어머니께 마지막으로 호소한다. 자신의 실존을 확인하기 위해 글을 쓸 수밖에 없다고.

코로나 속 엄마 7주기.

수도권 사람들의 코로나 전파 때문에 6주기 귀향이 불시에 취소되어 서울 가족은 전전긍긍하였지만, 올해는 무사히 고향길에 오른다.

엄마 7주기 귀향에다 제부 칠순 축하 여행도 겸하기로 한다. 직장에서 연가年暇를 낸 가족들의 3박 4일 남해안 여행은 유난히 단풍이 아름다운 올가을 정취를 아낌없이 선사한다. 여행 내내 화려하게 펼쳐지는 풍광은 왜 우리나라를 금수강산이라고 하는지 증명한다.

— 「어머니 7주기」 중에서

「어머니 7주기」는 화자의 수필집 1, 『어머니, 어머니 나의 어머니』와 수필집 2, 『어머니…, 그 후』를 통해 연계되는 작품이다. 책 1에는 어머니 1주기에서 3주기를 서술하고 있으며 책 2에서는 어머니 4주기에서 6주기까지를 진술하고 있다.

책 1의 「어머니 1주기」 부분이다.

- 엄마, 이 밤이 밝으면 내일 고향 가는 버스를 타고 귀향합니다. 진주에 닿으면 먼저 엄마 산소 갔다, 밤에는 가족들과 1주기 제사를 지낼 거예요. 엄마, 조금만 기다리세요. 곧 만날 거예요. 글을 적고 있는 이 짧은 순간이나마 조금은 슬픔이 진정되네요. 엄마, 오늘은 여기서 안녕. -

책 1의 「어머니 2주기」 부분이다.

- 2년 전 11월 26일 새벽 3시 32분 삼성병원 임종실에서, 주치의는 잠이 덜 깬 모습으로 들어와 엄마의 임종을 통보했다. 지난밤부터 임종실을 지키던 우리 가족들 곁을 영원히 떠나 다시는 살아 계시는 모습으론 올 수 없는 곳으로 혼자 가셨다. -

책 1의 「어머니 3주기」 부분이다.

– 엄마 가신 후로는 어머니에 관한 TV프로그램은 아예 채널을 돌려 버린다. 돌아가신 엄마를 생각하면 언제나 애틋한 그리움과 더 잘해드리지 못한 죄책감으로 가슴이 쓰려오기 때문이다. 연로하시지만 건강한 부모님을 모시고 있는 지인들에겐 안부도 잘 묻지 않는다. 부럽다 못해 조금은 질투 같은 것도 느낀다는 게 정직한 고백이다. –

책 2의 「어머니 4주기」 부분이다.

– 일 년 중 엄마 기일에는 우리 가족 모두가 고향 장남 집에 함께 모여 제사를 지내고 엄마 산소에 들른다.

4주기라고 달라진 건 없다.

다만 엄마가 살아계실 때는 없었던 증손주가 2명이나 생겨서 산소 주변에 꽃이 된다. –

책 2의 「어머니 5주기」 부분이다.

– 담담하던 내 마음에 왜 또 성큼 눈물이 지나가는 걸까. 엄마 가신지 5년! 나와 엄마의 이별은 때로는 짧게 때로는 길게 현실감을 갖지 못한 채 엉거주춤 여기까지 왔다. 그래도 5주기란 세월은 금방 10주기가 될 것이란 무게감과 함께

내가 서 있는 자리를 새삼 돌아보게 한다. -

책 2의 「어머니 6주기」 부분이다.
  - 코로나19는 엄마 6주기 기일을 위한 귀향길을 막아버렸
다.
  서울 조카는 제사도 화상으로 지내잔다. 진짜로 그날 밤
우리 가족은 먼 남쪽 고향과 서울에서, 화상으로 서로의 제
사상을 보아가며 영상통화도 하고 엄마도 만났다. 비록 산소
는 못 갔지만. -

화자는 어머니의 죽음을 별세하신 순간부터 1주기에서
7주기에 걸쳐 담담하게 기록하고 있다.
  '2014년 11월 26일 새벽 3시 32분 임종하신 어머니를
그리워하면서 한 해, 두 해, 그리고 7주기까지를 건너오고
있다.
  세기적인 팬데믹 사태에서 화상 제사까지도 치렀으니.
  어머니와 해후는 살아있는 한 영원히 일상의 순간, 순
간마다 화자의 가슴에 가족의 가슴에 살아 계시는 것이
다.

장맛비가 억수로 퍼붓던 이른 아침, 영동6교에서의 서정을 글로 적어 봤더니만. 지방에 사는 막내 남동생이 모처럼 상경하여 새벽 산책길을 6교로 잡아 사진까지 찍어 왔다.

가슴이 따뜻해진다. 큰누나 마음을 헤아려주는 거 같아 기쁘다. 새삼 내 비망록의 소중한 사연을 함께 나누어 보는 것 같아 어릴 적 추억이 떠오른다.

4남매 중 장녀인 나와 막내인 그와는 9살 차이가 있다. 원래 형제자매 서열에 따른 특성이 있지만, 막내는 좀 더 많은 기질이 있다고 생각한다. 막내 울음소리는 부모가 저승에 있어도 들린다지 않는가.

― 「영동6교에서」 중에서

화자는 매일 아침, 이 다리 밑에서 하루를 시작한 적이 있다. 코로나 팬데믹이 우리를 덮쳐 오기 전이니까 꽤 시간이 흘렀다.

서울의 강남 생태하천이자 미래 자연 유산으로 등재된 양재천에는 다리가 많다. 내가 사는 동네에서 가까운 곳에 영동6교가 있다.

화자는 그의 두 번째 수필집 『어머니…, 그 후』에서도

「영동6교로 오세요」에 관한 글을 적고 있다.

초등학생이던 화자가 막내 남동생을 업고 놀다가 등에서 떨어뜨렸다는 고백은 유년의 때 묻은 추억을 들추는 작업이다. 이제 그 남동생은 은퇴자가 되어 모처럼 큰누나를 만나러 왔다.

평소에 부지런하고 바쁘게 사는 그이가 시간을 내어 화자의 수필집을 정독한 것에 감동을 느끼는 누이다. 게다가 사연이 있는 새벽 영동6교로 직접 찾아 가서 사진도 찍어오는 정 깊은 막내 남동생이다.

철없는 어린 시절 같이 얽혀 살았던 세월로 돌아갔다가도 금방 지금의 현실로 돌아온다. 그 현실은 어머니 빈자리를 절감하게 만든다. 머지않아 어머니가 먼저 가신 그 길을 따라갈 수밖에 없는 '생자필멸의 법칙'은 인간 숙명이다.

영동6교라는 강남 양재천을 가로지르는 다리를 통해 자연과 인간과 남매간 혈육의 정을 새삼스레 다져보는 작품이다.

다음 날은 여행 막바지다.

다시 이스탄불 명소를 구경한 뒤, 보스포러스 해협 위의 크루즈에 탑승했다. 이스탄불을 관통하는 바닷물은 흑해에서 보스포러스 해협을 지나 마르마라해로 흘러든다. 보스포러스 해협의 길이는 30km, 폭은 가장 좁은 곳이 700m이다.

이번 여행의 가장 중요한 목표 중의 하나였던 보스포러스 해협 관광은 내 인생의 또 다른 기착점이 될 것이다. 바다라면 무조건 좋아하는 나다. 유럽과 아시아 대륙을 가로지르는 보스포러스 해협을 통과하기 위해 크고 작은 배들이 대기하고 있는 모습은 신기하기까지 했다.

– 「튀르키예 여행 2」 중에서

날씨는 기가 막히게 좋았다.

튀르키예 출발을 앞둔 화사한 오후가 열리고 있었다.

얼마 전부터 준비했는지 감도 안 잡히는 시간이다. 캐리어를 작은 방에다 열어놓고 챙기기 시작한 짐이 출발 전날인데도 정리가 안 된다.

화자는 튀르키예 여행을 앞두고 설레는 마음을 「그날은 구월이 가는 마지막, 하루 앞이었다」를 통해 진솔하게 드러내고 있다.

그리고 계속해서 「튀르키예 여행」을 통해 여행에 대한 감상을 자세하게 피력한다.

가을이 자리를 잡기 시작하는 9월 말.

오래 소망해 온 튀르키예 여행길이 열렸다.

주변 지인들은 튀르키예를 아직 가지 않았더냐고 반문하기도 하고, 다녀본 해외 여행지 중 다시 가고 싶은 곳이라는 반응에 여행 파트너를 구하던 중 우연히 동반자가 생긴다.

해외여행을 좋아하는 화자는 40대부터 시작된 미국과 유럽, 아시아 등의 투어가 없었다면 인생이 쓸쓸했을 거라고 고백한다.

재미 교환교수 기간 1년을 빼면 거의 십여 일에 걸친 짧은 기간이지만, 화자는 지금도 자기가 갔던 지구촌의 아기자기한 풍물과 다정한 사람과 그 여정에 얽힌 아름다운 추억을 품고 산다.

'나부끼는 머리를 하고 먼 곳에의 그리움'으로 가슴 떨리던 20대 화자는 아니다. 그러나 인생은 그 시절만이 전부는 아니다. 하루, 하루 살아가는 지금, 순간이 얼마든지 보배로울 수 있다.

아시아와 유럽의 가교라는 이스탄불은 튀르키예에서 가

장 큰 도시다. 알록달록한 건물과 바다로 연결되는 게 특이하다.

튀르키예 관광의 꽃이며 유네스코 문화유산인 성 소피아 성당 관광도 여행자 필수코스다. 비잔틴 건축 걸작으로 세계 건축학상 8대 불가사의다. 이슬람 사원 특징과 가톨릭 양식이 한데 어우러진 유일한 곳이다. 성당 내부를 구경하기 위해 몇 시간이고 줄을 서서 기다린다.

이번 여행 에이스라는 카파도키아 열기구 타기는 스릴 있는 일정이다. 새벽 3시 30분에 일어나 버킷리스트 중 하나라는 열기구를 타기 위해 시월의 깜깜한 새벽을 가로지르며 현장으로 향한다.

인간의 꿈을 대변하는 커다란 애드벌룬 열기구를 타기 위해 패키지 팀은 흥분한다. 서서히 떠오르는 열기구 속 팀원들은 남녀노소 흥분의 도가니다. 그런 중에도 화자는 새삼 군중 속의 고독을 느낀다.

동이 터오는 붉은 새벽하늘을 점점이 장식하며 여기저기 떠오르는 카파도키아 열기구는 아름답다. 인간의 소망을, 화자의 꿈을 대변하듯 말이다.

다음은 튀르키예인들이 가장 사랑하는 휴양도시 안탈리아에 관한 이야기이다. 튀르키예 여행을 오래 소망해 왔으면서도 화자는 안탈리아에 관한 지식이 별로 없음을 안타까워한다.

이스탄불에서 남쪽으로 479km 떨어져 있으며 안탈리아 공항도 있다. 여러 제국이 점령하면서 다양한 유적들이 풍부하다. 고대 헬레니즘과 비잔틴 유적, 로마 시대 유적, 셀주크왕조의 이슬람 사원, 오스만 제국 건축물 등이 남아 있다.

안탈리아 바다 위에 띄운 유람선은 이번 여정에서 화자의 가슴 밑바닥에 깔린 '먼 곳에의 그리움'을 채워주고도 남는다. 「시월의 어느 멋진 날」이라는 한국 성악가 가곡을 지중해 바다 위에서 들으며 화자는 인생이라는 여정을 새삼 음미한다.

오래전에 어머니와 함께 하려던 튀르키예 여정을 지금에야 열어가면서, 결국은 안탈리아 해변에서 어머니에 대한 그리움을 승화시키는 화자다.


눈물의 의미는 다양하다.

육십여 년을 함께 한 엄마가 하늘로 떠나실 때 내가 태어난 후 가장 많이 울었다. 이 세상에서 엄마 만큼 나를 사랑해 줄 사람은 이전에도 이후에도 없을 것을 나는 잘 안다.

엄마의 부재란 사실은 있을 수 없는 일인데도 어느 날 아무런 예고도 없이 엄마는 훌쩍 떠나셨다. 엄마를 고향 산에 묻고 귀경하는 승용차 속에서 얼마나 울었는지 모른다.

－「눈물」 중에서

　위의 글은 화자가 눈물의 의미를 자기 인생 편력을 통해 다양한 측면에서 분석한다. 때로는 철학적으로 때로는 서정적으로 심도 있게 접근하고 있다.

　평생 건강하셔서 자기 곁을 끝까지 지켜주실 것으로 믿었던 어머니가 어느 날 홀연히 화자만 홀로 이 세상에 남겨놓고 떠나셨다. 어디에 그렇게 많은 눈물이 숨어 있었는지. 여기서 화자는 울고 또 울고 마치 봇물 터진 둑처럼 끝도 없이 두고두고 걸핏하면 울고 다녔다고 고백한다.

　그러나 화자는 눈물의 의미에 대한 반전을 시도한다.

　눈물이 꼭 슬플 때만 흐르는 것은 아니라는 것이다.

　주경야독의 고학생 같은 십여 년 세월에 얽힌 향학의 길이 끝나던 날. 박사학위논문 통과가 결정되고 귀가하는 택시 속에서 흘린 눈물의 의미는 복합적이다. 오랜 고난의 향학에 얽힌 애환이 끝나고 학위 취득이란 목표 달성에서 오는 기쁨의 눈물도 있다는 것이다.

게다가 오래 소망해 온 소기의 해외여행을 성취하는 화자 모습은 소박하면서도 정겹다. 아름다운 지중해 바다 선상에서 와인파티를 즐기면서 감동의 눈물을 흘리기노 한다.

엄마는 내 현실이자 힘이다.

퇴직한 세월을 꼽아보니 9개월째, 1년을 치닫는 세월인데도 실감이 나지 않는다. 근무한 세월과 비교하면 그럴 만도 하다.

누구에게고 부모님, 그것도 어머니에 관한 이야기는 애틋하겠지만 내 경우는 더 특별하다. 올해 85세로 노환에 의해 거동을 전혀 못하신 채 온종일 거의 눈을 감고 지내신다. 소통이래야 지극히 기본적인 '예, 아니오' 정도다.─

「어머니 간병 10년을 헤아리면서」 중에서

화자는 이 글을 통해 생전의 어머니를 간병하던 십여 년 세월을 새삼 회고하고 있다.

먼저 어머니 일생을 간략하게 서술하면서 역동기의 시대를 살아오신 어머니에 대한 이해를 다시 하게 한다. 결혼 후 젊은 미망인이 되어 네 자녀를 키워오신 애환의 삶에 대해서도 진술한다. 무엇보다 투병의 10년에 관한 간병기록에는 화자의 눈물과 회한이 절절히 스며 있다.

화자는 어느 노학자의 '사랑하는 사람을 위해 고생하는 것이 행복'이라는 말씀을 뒤늦게 알게 된다. 10년 간병세월 중에도 어머니를 향한 애정의 끈을 끈질기게 붙들고 살아가는 화자에 대한 깊은 연민을 보낸다.

삶은 누구에 의해서도 완전하게 결론지어질 수 없어 인류의 영원한 관심 대상이고 반복되어 맡겨질 과제이다. 모든 것은 시대적 추세를 무시한 상태에서는 관심 외곽으로 밀려나게 된다. 전광석화 같은 화두에 고민하여 매력을 느끼다 보면 수필문학은 새롭게 출발하는 계기로 전환될 수 있다.

작가 김남순의 글은 어머니라는 구원의 대상을 심원적으로 접근하는 것이 특징이다. 어머니를 대상으로 많은 문학 작품들이 쏟아지고 있지만, 인류가 지구상에 존재하는 한 모성은 불멸일 수밖에 없다. 대문호 괴테가 그의 걸작 『파

우스트』에서 영원히 여성적인 것이 우리를 인도한다고 한 것을 새삼 회상할 필요가 있다.

김남순은 어머니라는 주제로 세 번째 책을 출간한다.

그녀에게 어머니는 그녀 인생을 지탱시켜 주는 연소 역할을 하고 있다.

매일의 일상이 어머니와 유관하게 이루어진다.

그녀의 이야기는 우리 모두의 어머니 이야기이다.


앞으로도 영혼을 정화시키는 투명하고 서정적인 글 계속 쓰기를 기대한다. 『어머니, 어떻게 지내셔요』 발간을 진심으로 축하한다.

양전초등학교에서